U0923281

5

抒情诗五

普希金文集

上海译文出版社

ПОЛНОЕ СОБРАНИЕ СОЧИНЕНИЙ V

冯 春——译

А. С. ПУШКИН

目 次

一八三〇

一八三一

一八三二

一八三三

一八三四

一八三五

一八三六

一八二七—一八三六

一八三〇

库克罗普斯[①]

我突然失去语言与智能，
仅用一只眼睛望着您：
我脸上仅有一只眼睛。
要是那命运有意开恩，
要是我拥有一百只明瞳，
那时百眼都会看着您。

---

① E. M. 希特罗沃的女儿叶·费·提森豪森伯爵夫人将去皇宫参加 1830 年 1 月 4 日举行的庆祝俄土签订《阿德里安堡和约》的化装舞会，她将化装成希腊神话中的独眼巨人库克罗普斯。按舞会规定，参加舞会者必须根据自己化装的人物身份朗诵一首诗。此诗即是普希金为提森豪森伯爵夫人所写。

* * * [1]

我的名字对于你有什么意义?
它将消失,就像远方拍岸的浪
发出的低沉凄凉的声音,
就像密林里夜间的声响。

它会在你的纪念册上面
留下没有生气的痕迹,
就像墓碑上面的花纹,
用的不知是哪一种文字。
它有什么意义?在新近发生的
扰人的激情里,它早已被忘记,
它不会让你的心灵产生
那种纯洁而撩人的回忆。

但在悲愁的日子,寂寞的时候,

① 这首诗写在著名美人卡罗莉娜·索班斯卡娅的纪念册上。

请悄悄地呼唤我的名字；
说一声：世界上还有人记得我，
有一颗心没有把我忘记……

回　信[①]

啊，我的先知，我认出了您的信！
不是从您没有署名的华函上
那富有个性的华丽字迹；
而是从您快乐俏皮的篇章，
从您稍带调侃的问候，
从您尖酸刻薄的讥讽，
从您如此不公正……的责难
和这生动活泼的美妙玉音。
我一遍一遍地诵读来函，
不由得勾起我的愁思和欣喜，
我忍不住高声呼喊：是时候了！
到莫斯科去！立即到莫斯科去！
这里的城市[②]古板而萎靡，
谈话冷冰冰，人心像花岗石；

---

① 这首诗是对叶·乌沙科娃来信的答复。
② 指彼得堡。

这里没有那种可爱的轻佻，
没有普列斯尼亚[1]、美惠女神和缪斯。

① 莫斯科的一个区，乌沙科娃家住在普列斯尼亚广场。

* * *[①]

在欢娱或闲得无聊的时刻，
我常常把委婉柔弱的乐音
赋予我那把诗琴，以寄托
我的癫狂、慵懒和炽烈的热情。

可是当你那庄严的话音
突然猛烈震撼我的心，
那时我便不由自主地
中断那狡黠琴弦的声音。

我忍不住突然泪如泉涌，
你那芬芳馥郁的话语
有如圣洁的膏油涂抹

① 这首诗是写给莫斯科都主教菲拉列特（1782—1867）的。菲拉列特看了普希金《枉然的赋予，偶然的赋予》一诗后，写了一首诗，认为诗人心灵的痛苦是由于“忘了上帝”。普希金应朋友的要求写了这首诗，但不久便对这首诗中把菲拉列特理想化感到后悔，后来在日记中对菲拉列特有过讽刺。

我良心的伤口，给我以安慰。

如今你从精神的高度
伸出手来抚慰我的创伤，
你那温柔和仁爱的力量
平息着我那些汹涌的梦想。

心灵燃烧着你的火焰，
驱散了尘世浮华的暗影，
诗人便怀着神圣的敬畏
聆听六翼天使的琴声。

十四行诗

不要轻视十四行诗，批评家。

——华兹华斯[1]

严肃的但丁不轻视十四行诗，
彼特拉克[2]给它倾注了爱情之火，
《麦克白》的作者[3]喜欢这游戏，
卡蒙恩斯的哀思以它为依托。

在我们今天，它也吸引了诗人：
华兹华斯把它选作工具，
用它来描绘大自然的理想，
而把世俗的浮华远远抛弃。

① 华兹华斯（1770—1850），英国浪漫主义诗人。
② 彼特拉克（1304—1374），意大利文艺复兴时期诗人，写有许多十四行诗。
③ 指莎士比亚。《麦克白》是他的著名悲剧。

在遥远的塔夫里达[①]山麓底下，
立陶宛的歌手[②]在严格的诗律中
瞬息间寄托了他的幻梦。
在这里，少女们还不熟悉它，
而杰尔维格已经为它而丢掉
六音步诗歌的神圣音调。

---

① 克里米亚的古称。

② 指波兰诗人密茨凯维奇。他在游历克里米亚后，于 1826 年在莫斯科出版了《克里米亚十四行诗集》。

讽刺短诗[①]

你是波兰人，这并非倒运：
科斯丘什科和密茨凯维奇都是波兰人！
就算你是个鞑靼人，
我看也算不得羞耻，
即使是犹太人，也不是坏事，
糟就糟在你是维多克·费格里亚林。

① 这首诗是讽刺俄国作家布尔加林的。科斯丘什科是 1794 年波兰起义领袖，密茨凯维奇是波兰伟大诗人。费格里亚林是布尔加林的绰号，从“丑角”一语变来。

致大臣

（莫斯科）

只要和煦的西风一阵阵吹遍田野，
解除北方的枷锁，把温暖送回世界，
只要第一棵菩提树发出嫩绿的光彩，
亚里斯提卜①和蔼可亲的后辈，我就来，
我就来造访，我将看到你精美的宫殿，
看那建筑师的圆规、雕刻刀，还有调色板
如何在你高超的设计下各司其职，
充满灵感，竞相显示出迷人的技艺。

幸福的人，你已充分理解人生的真谛，
人生在世是为了享受，从年轻时候起，
你就善于让漫长安乐的一生过得
丰富多彩，尽一切可能，适度地玩乐；
欢乐和官运一次又一次接踵而来，

① 亚里斯提卜，古希腊哲学家。

作为年轻的专使，由女皇[①]亲自指派，
你访问了菲尔奈，那位白发苍苍的哲学家[②]。
思想和时尚的领袖，大胆而且狡诈，
他喜欢居住在北方，那是他的领地，
他曾用垂老的声音向你亲切致意。
和你在一起，他显得极其快乐欣喜，
你享用了他的恭维，那是人间神仙的蜜汁。
你刚刚告别菲尔奈，紧接着又来到凡尔赛。
那里的人都在寻欢作乐，至于未来，
一概视而不见，正当妙龄的阿尔米德[③]，
第一个发出信号，让大家纵情欢乐，
她不理会命运将如何决定，只恣意
在一群轻佻的侍从簇拥下，醉生梦死。
你可记得垂阿农[④]和那热闹的嬉戏？
但你没有在甜蜜的毒鸩中消磨意气，
学问适时地成为你新追求的目的，
你远离了众人。参加你这枯燥的筵席，
有神灵的信徒，有怀疑论者，还有人无新信仰，
狄德罗[⑤]坐在摇摇晃晃的三脚椅上，
他扔下头上的假发，在兴奋中闭起双眼，
滔滔地宣讲。于是你得以谦恭地尝遍

① 指叶卡捷琳娜二世。
② 指法国哲学家、作家伏尔泰（1694—1778），菲尔奈是他居住的地方。
③ 指法国国王路易十六的妻子玛丽-安托瓦内特王后。
④ 凡尔赛宫花园里的亭子，是玛丽-安托瓦内特喜欢逗留的地方。
⑤ 狄德罗（1713—1784），法国思想家、哲学家、作家。

无神论者或者自然神论者的杯杯佳酿，
像野蛮人聆听雅典的诡辩论者演讲。

　但是伦敦引起了你的注意，你的视线
密切地注视，分析着上下两院的论战：
这边激烈地攻讦，那边严厉地反击，
这正是新的文明不同寻常的强劲动力。

　也许，你对吝啬的泰晤士感到枯涩，
想游历到更遥远的地方。生性快乐的博马舍①，
像他那奇妙的主人公那样令人捧腹，
在你面前殷勤，生气勃勃，光彩夺目。
他猜中你的来意：用他富有魅力的语言，
对你娓娓叙说美女的秀足和星眼；
某国的安乐，那里的天空永远晴朗；
那里慵懒的日子过得多么欢畅，
像少年热烈的幻梦，是那么兴奋疯狂；
那里的女人傍晚时总来到家里的阳台上，
观望着，不惧西班牙丈夫妒火狂燃，
笑眯眯地倾听着，和过路的外国人打招呼攀谈。
于是你怀着躁动的心，往塞维利亚飞去，
那是个多么可爱的地方，迷人的境地！
那里月桂在摇曳，那里的橙子已熟透……

---

① 博马舍（1732—1799），法国喜剧作家，作品有《塞维利亚的理发师》《费加罗的婚礼》等。

啊，请你告诉我，那里的女人多风流，
多么善于把恋情和信仰结合在一起，
在大头巾下面暗中送出约会的信息；
告诉我，一封信如何透过窗栅送出，
金币如何让阴沉的姑母放松监督，
告诉我，那披着斗篷的二十岁年轻情人
如何在窗口下浑身战栗，心急如焚。

一切都改变了。你看到凶猛的暴雨狂风，
一切都倾覆了，智慧和复仇结成了同盟，
令人胆战心惊的自由制定了法律，
凡尔赛和垂阿农双双被送上断头台处治，
阴森恐怖的气氛代替了昔日的欢阒，
在新的如雷的声名下[①]，世道在急骤改变，
菲尔奈早就无声无息，你的朋友伏尔泰，
是个例子，说明命运变化之快，
就是在九泉之下，他也得不到安生，
到今还没有一个可以安身的坟茔。[②]
霍尔巴赫、加利亚尼、狄德罗、莫尔莱[③]，
这些信奉怀疑主义的百科全书派，
以及善于讽刺的博马舍，没鼻子的卡斯蒂[④]，

① 指拿破仑当了法国皇帝。
② 伏尔泰的骨灰在法国革命时期曾被迁入先贤祠，帝室复辟后又被扬于垃圾堆。
③ 霍尔巴赫（1723—1789），法国启蒙思想家、哲学家，无神论者。加利尼亚（1728—1787），意大利经济学家。莫尔莱（1727—1819），法国经济学家和著作家，《百科全书》撰稿人。
④ 卡斯蒂（1724—1803），意大利诗人。

一切，一切都已过去。人们都已忘记
他们的见解、论断和热情。看：在你周围，
一切新事物都在沸腾，把旧的扬弃。
亲眼目睹昨天的一切是如何覆亡，
年轻一代仍未清醒、认真思量。
他们收集着痛苦经验的迟缓果实，
匆匆计算着收入和支出如何相抵，
他们没有时间谈笑、和捷米拉宴饮，
也没有时间谈诗。新的奇妙的琴音、
拜伦诗琴的歌声都不能吸引他们。

只有你依然如故。跨进你家的大门，
我立即想到叶卡捷琳娜时代的情景。
那些图书室、雕像和丰富的绘画作品，
你那整齐干净的花园都向我证明，
你已在宁静安谧中对缪斯深深地垂青，
在幸福的闲暇时刻，你在诗歌中沉醉。
我听着你的谈话：你的言谈随意发挥，
充满青春活力。你对于美的作用
有深切的感受。你兴高采烈地随意品评
阿里亚比约娃①的娇艳和冈察罗娃的俏俊。
你愉快地欣赏着柯勒乔②和卡诺瓦③的杰出作品，
你不介入各种世俗的纷争忧烦，

① 阿里亚比约娃，莫斯科美人。
② 柯勒乔（约1494—1534），意大利画家。
③ 卡诺瓦（1757—1822），意大利雕塑家。

有时你站在窗口笑看这些争端，
看到一切都是周而复始，反复出现。

　罗马显贵也这样为了缪斯和悠闲，
在云斑石浴池和大理石宫殿里面
忘掉事务的旋风，安度他们的晚年。
从远方来访的，有雄辩的演说家，也有军人，
有脸色阴沉的独裁者，还有年轻的执政，
他们来这里，休息一两天，奢侈尽兴，
感叹这避风港的舒适，又踏上他们的行程。

新　居[1]

我为你乔迁新居而祝贺，
你迁去自己家里的神像，
同时也迁去自己的欢乐、
自由的劳动和甜蜜的安康。

你真幸福，你小小的家庭
保持着明智的生活习惯，
就像防火一样，防避着
有害的忧虑和萎靡的慵懒。

① 此诗可能是写给《莫斯科导报》的编辑米·彼·波戈金的。

* * *[1]

当我把你苗条的纤腰
紧紧地揽在自己的怀里，
兴高采烈地娓娓向你
倾吐心中挚爱的话语，
你默默地把你柔软的腰身
挣脱我双手紧紧的拥抱，
我亲爱的朋友，你只是对我
报以不很信任的微笑；
你对那些有关我变心的
可悲流言总耿耿于怀，
你既不同情也不留意，
无精打采地听着我的表白……
我咒骂那罪恶的青春年代
一次次处心积虑的追求、
夜阑人静时在宅旁花园里

① 这首诗是写给娜·尼·冈察罗娃的。

对约定幽会时刻的等候。
我咒骂那卿卿我我的絮语，
朗诵诗句时的故作神秘，
轻信的少女的温存、眼泪
和她们为时已晚的怨怼。

致诗人[①]

诗人哪！不必看重世人的爱戴。
狂热的赞誉不过是喧闹的一瞬；
你会听到愚人的评判、群俗的冷笑，
但愿你仍然坚强、平静和冷峻。

你就是皇上，你要独自生活下去，
走自己的路，自由的心灵会引导你前进，
让你心爱思想的果实结得更完满，
不要企求奖赏，为你高贵的功勋。

奖赏就在你手上，你就是最高的法官；
你会比别人更严格地评判自己的作品，
你感到满意吗，一丝不苟的诗人？

---

① 普希金后期的作品越是达到现实主义的高度，当时大多数批评家（包括一些曾热情赞扬过普希金的批评家）就越不能理解他的作品。布尔加林在普希金发表《叶甫盖尼·奥涅金》第7章后，就曾宣称诗人“完全堕落”了。此诗是普希金对这类批评的反应。

满意吗？那就让群俗去谩骂吧，
让他们唾弃你燃烧着圣火的神坛，
让他们孩子般任意把你的供桌摇撼。

圣　母[1]

我并不想拿许多古代巨匠的杰作
挂满我的房间，用它们来作为装饰，
让客人把它们当作神物惊叹一番，
同时听着行家们一本正经的解释。
在我简陋的一隅，在我缓慢的工作中，
我只愿意日日夜夜观赏着一幅画，
只有这一幅：让圣洁的圣母和救世主
(她端庄娴静，他眼中闪耀着智慧的火花)

从画布上，仿佛从云彩中注视着我，
是那么和蔼可亲，笼罩着荣耀和光环，
他们站在锡安[2]的棕榈下，没有天使陪伴。

我的一切愿望都满足了。是造物的上天
把你赏赐给我，你啊，我圣洁的圣母，
你是最纯洁的美之最纯洁的典范。

---

① 这首诗是献给诗人的未婚妻娜塔丽亚·冈察罗娃的。
② 耶路撒冷的一座山，是基督教的圣地。

《鬼魂》 И. В. 西马科夫 绘　1904 年

鬼　魂

乌云在飞驰，乌云在翻卷；
月亮像个看不见的幽灵
微微照亮着飞舞的雪花；
天空灰蒙蒙，夜色灰蒙蒙。
我乘车在旷野上走啊走啊；
铃声丁零丁零响个不停……
在这不熟悉的原野上赶路，
不由得叫人胆战心惊！
“喂，赶车呀，车夫！”“不行：
老爷，马儿怎么也走不动；
暴风雪打得我睁不开双眼；
道路埋在雪里看不清；
就是打死我也找不到路；
我们迷路了。这可怎么办！
是鬼魂把我们引上歧途，
看样子，叫我们在四面打转。

“你瞧：它就在那里作祟，
又吹风，又是向我吐口水；
你瞧，这会儿它正在驱使
发疯的马儿冲进山谷里；
一会儿变成高大的里程柱，
高高地在我的面前矗立；
一会儿变成火星闪了闪，
接着就在黑暗中消失。”

乌云在飞驰，乌云在翻卷；
月亮像个看不见的幽灵
微微照亮着飞舞的雪花；
天空灰蒙蒙，夜色灰蒙蒙。
我们再没有力气打转；
铃声突然间停住不响；
马儿站住了……“那边是什么？”
“谁知道？是树桩，也许是一头狼？”

暴风雪在逞凶，暴风雪在哭泣；
敏感的马儿打着响鼻；
瞧那鬼魂又向前跑去；
两只眼睛燃烧在夜色里；
马儿又急急奔跑起来；
铃声丁零丁零响个不停……
我看见在那白花花的原野上
聚集着许许多多精灵。

大得无边，丑陋不堪，
在朦朦胧胧的月光当中，
形形色色的鬼魂在打转，
像落叶飘零在十一月的天空……
它们有多少！正赶往何方？
为什么唱得这么凄惨？
是在为家神出殡送葬，
还是在为女妖出嫁伤感？

乌云在飞驰，乌云在翻卷；
月亮像个看不见的幽灵
微微照亮着飞舞的雪花；
天空灰蒙蒙，夜色灰蒙蒙。
鬼魂们一群接着一群
飞往没有止境的天穹，
它们那凄厉的叫声和哀号
久久撕裂着我的心胸……

哀 歌

那疯狂岁月的欢乐已经逝去，
它使我痛苦，犹如烦乱的醉意。
但往日的悲哀就好像那酒液，
在我心中停留越久就越浓烈。
我的道路是悲凉的，未来像海洋
汹涌激荡，只预示着操劳和悲怆。

然而，朋友，我不愿就这样死去，
我要活，为的是忍受痛苦和思维；
我知道，我也会有快乐的享受，
在我悲哀、忧心和焦躁的时候：
有时我会为诗句的和谐而陶醉，
也会为虚构的故事感动得落泪，
也许，在我生命的凄凉的黄昏，
爱情会亲切地微笑，和我离分。

答匿名朋友[①]

啊，无论你是谁，你用亲切的歌声
祝贺我重新燃起追求幸福的热情，
你那隐秘的手正紧紧地握着我的手，
向我指出未来的路，用手杖助我行走；
啊，无论你是谁：充满灵感的老人，
或者是居住在远方的我青春岁月的知音，
或者是缪斯暗中保护的翩翩少年，
或者是一位温柔的女性，腼腆的天仙——
我都怀着一颗深受感动的心向你致谢。
我遗世独立，一向被人冷落轻蔑，
至今仍不能习惯于别人的深情关怀——
他那亲切的话语已使我感到古怪。
太可笑了，要是有人向社会要求同情！
那些冷漠的俗众，他们看待诗人

① 普希金举行婚礼前收到一首匿名贺诗，他写了这首诗作答。匿名贺诗的作者是俄国古埃及学家伊·亚·古里亚诺夫（1789—1841）。

就像看待过路的江湖艺人，假如
他深刻表现了人们心中深沉的痛苦，
那饱经痛楚苦炼而成的动人诗句
以不可思议的力量敲打着人们的心扉。
这群俗众有时会鼓掌称赞，有时
也许会冷冷地点点头，表示并不赏识。
假如歌手突然间感到心情激动，
他遭到流放、监禁或丧失亲友的悲痛，
“这更好，”艺术的爱好者们便会议论纷纷，
“这更好！他会体验到新的思想感情，
再把它传达给我们。”可是他们这些人
决不会对诗人的幸福表现出诚挚的关心，
当幸福战战兢兢，在一旁默不作声……
…………

皇村的雕像[①]

少女掉落了水罐，它在岩石上碰破。
　　少女悲伤地坐着，拿着无用的破罐。
真是奇迹！破罐里源源不断地流出清水，
　　少女对着长流的水永远悲伤地坐着。

① 此诗描写俄国雕塑家帕·彼·索科洛夫（1764—1835）根据拉封丹的寓言《拿破罐卖牛奶的女人》创作的雕像（在皇村里）。原诗无韵。

少　年[1]

一个渔夫在冰冷的大海边上撒网，
　　孩子在做他的帮手。少年，你别再打鱼！
另一种罗网，另一种事业在等着你：
　　你将去博采智慧，做沙皇的辅弼。

① 指俄国大学者罗蒙诺索夫。

韵 律

厄科[①]，不睡的女神，在珀涅河[②]边漫步。
　　福玻斯看见她，不禁燃起了爱情。
女神带来了钟情天神狂喜的果实，
　　在潺潺不息的那伊阿得斯[③]中痛苦地
生下可爱的女儿。摩涅莫绪涅[④]收养了她。
　　活泼的少女在阿奥尼德[⑤]的合唱中长大，
她像颖悟的母亲，听从严格的记忆，
　　缪斯喜欢她，在人间称她为韵律。

---

① 厄科即回声，在希腊神话中为回声女神，山林水泉女神之一。她是天后赫拉的使女，宙斯爱上她，赫拉把她变为回声，使她只能重复其他声音的最后一个音节。
② 希腊的一条河流，起源于品都斯山，是缪斯居住的地方。
③ 希腊、罗马神话中的水泉女神，住在河流、湖泊和泉水中。此处作泉水解。
④ 希腊神话中的记忆女神。
⑤ 诗神缪斯的别名。

题《伊利昂纪》译本[①]

我听见沉寂已久的希腊天神的声音，
我用激动的心感知伟大老人的身影。

① 此诗为荷马的《伊利昂纪》格涅季奇译本出版而作。

工　作[1]

渴望的时刻来临了：多年的工作终于完成。
　　为什么一种莫名的惆怅暗暗袭扰着我？
是不是大功告成，我呆立着，像个失了业的雇工，
　　拿到了报酬，却不想再去找别的工作？
是不是离不开这项工作，漫漫长夜默默的旅伴，
　　金色晨曦的朋友，神圣家神的友人？

① 这首诗写于诗体长篇小说《叶甫盖尼·奥涅金》完稿时。

* * *[①]

聋子拉聋子到聋法官那儿评理，
聋子叫道：“是他把我的牛牵去。”
“得了吧，”聋子对那聋子嚷嚷着不服气，
“先祖父早就拥有了这块荒地。”
法官宣判：“兄弟俩何必打官司，
不是你也不是他，全是那姑娘的不是。”

---

① 这首诗是法国诗人佩利松寓言诗《三个聋子》的改作。普希金在手稿上还为最后两行写了另一稿：

法官宣判：“为了扫除淫乱风气，
虽然姑娘有错，还是嫁给小伙子。”

诀　别[1]

我最后一次大胆地想象，
对你的倩影百般温存，
我用爱的力量唤起想象力，
满怀胆怯和忧伤的温情
追忆你当年对我的痴心。

我们的岁月在变迁流逝，
改变着一切，改变着我们，
对于你心爱的诗人来说，
你已蒙上坟墓的阴影，
对于你，你的朋友亦已成灰烬。

远方的恋人啊，请你领受
我发自内心的诀别的深情，

① 这首诗是写给伊·沃隆佐娃的。

你要像一个寡居的妇人，
像一个朋友，默默地拥抱
自己的同伴，送他去囚禁。

侍　童
或
十五岁

薛侣班就这么大……①

不久我就要满十五岁，
我可等得到那快乐的一天？
它会怎样鞭策我前进！
就是现在也没有一个人
敢于轻蔑地对我看一看。

我已不是小孩子，我已经
可以捻捻唇上的小胡子；
我像没牙的老头那样庄重，
你可以听见我浑厚的声音，
谁敢碰碰我，不妨试一试。

---

① 薛侣班是法国戏剧家博马舍喜剧《费加罗的婚礼》中的侍童，他爱上了他所服侍的贵妇阿勒玛维华。这首诗是以薛侣班的口气写成的。题词引自《费加罗的婚礼》。

太太们都喜欢我，因为我谦逊，
她们当中有那么一位……
骄傲的眼神是那么多情，
脸蛋儿的红晕又是那么深，
她比我的生命还可贵。

她生性严厉而又专制，
她的智慧真使我吃惊——
她的醋劲儿也着实不小，
因此许多人见了她害怕，
只有我可以和她亲近。

昨晚她对我一本正经地
发誓，说什么我要是仍然
那样，老是东张张西望望，
她就要送给我一剂毒药——
真的，她的爱情就是这般！

她不怕人家议论，要和我
私奔，哪怕到旷野里也行。
你可想知道我这位女神，
我那塞维利亚的伯爵夫人？……
不！我决不说出她的姓名！

* * *

脸色红润的批评家，爱嘲笑的大肚皮汉子，
你总是喜欢笑话我们慵懒的缪斯，
请你到我这里来，和我坐在一起，
试试看，我们能否排解这恼人的忧郁。
瞧瞧这里的景象：一排破旧的房子，
后面是广阔的黑土带，一片缓缓的斜坡地，
高悬在空中的是一片浓重的灰蒙蒙乌云。
哪里有明媚的田野？哪里有蓊郁的森林？
哪里有小溪？在矮矮的篱笆围起的院子里
只有两株可怜的小树讨你的欢喜，
只有这两株小树，况且其中的一株
已被秋天连绵的雨水打得光秃秃，
另一株的叶子被雨水打湿，也已经发黄，
只等着北风一起，把它们打下泥塘。
只有这一些。院子里连一条看家狗都没有。
不错，有一个庄稼汉，俩婆娘紧跟在身后。
他没戴帽子，腋下夹着个婴儿的棺材，

远远地呼唤着神父家里懒惰的小孩，
让他回去叫父亲，还把教堂的门打开。
快点！没时间等待！孩子早就该掩埋。
你为什么皱眉头？难道不能丢下那怪念头！
唱一支快乐的小曲，让我们大家解解愁？

“你到哪里去？”“莫斯科，我可不能错过
伯爵的命名日，在这里闲逛。”“且慢，检疫所！
你可知道我们这里流行着印度的疫病①。
坐下吧，就像你忠实的仆人曾经
在那阴郁的高加索大门口蹲过一样；②
怎么，老弟，不再嘲笑了吧？哟，也这么忧伤！”

---

① 指霍乱。
② 普希金从埃尔祖鲁姆返回时因瘟疫流行曾在高加索检疫所待过三天。

* * *

我来了，伊涅西丽亚，
我在你的窗下，
夜色和甜蜜的梦
正拥抱塞维利亚。

我浑身是勇气，
来到你的窗下，
身上披着斗篷，
带着长剑和吉他。

你睡了吗？我要
唤醒你，用这把吉他，
要是老头儿惊醒，
这把剑会叫他躺下。

快用丝绸的绳结
系住你的窗子……

为什么犹豫？莫不是
我的情敌在这里？……

我来了，伊涅西丽亚，
我在你的窗下。
夜色和甜蜜的梦
正拥抱塞维利亚。

讽刺短诗[①]

并非不幸，阿夫杰伊·弗留加林，
你出身并非俄罗斯显贵，
在帕耳那索斯[②]你是个茨冈人，
在社交界你是维多克·费格里亚林[③]，
不幸的是你的小说太乏味。

① 此诗是讽刺布尔加林的。
② 希腊山脉，神话中诗神的灵地。
③ 布尔加林的绰号，参见本书《讽刺短诗（“你是波兰人，这并非倒运”）》一诗。

招　魂

啊，但愿真有此事，在深夜，
当活人都已安然入睡，
月亮的清辉从高高的天穹
洒下，照亮着墓地上的石碑，
啊，但愿真有此事，那时候，
沉寂的墓地已无人喧哗——
我等待着雷拉[1]，我呼唤着幽灵：
我的朋友，到我这儿，来吧，来吧！

显现吧，坠入爱河的幽灵，
一如你在离别前那般，
苍白、冰冷，像冬天的白昼，
在临终的痛苦中愁眉苦脸。
来吧，无论你变成远方的星，

① 拜伦长诗《异教徒》的女主人公，在长诗将结束时，她出现在情人面前。

或一阵清风，或响声沙沙，
或一个阴森可怖的幻影，
我一样喜欢，来吧！来吧！……

我呼唤你，并不是为了
谴责那些恶人，是他们
用仇恨毒杀了我的朋友，
不是要解开坟墓的疑问，
也不是因为有时为疑惑
而备受折磨……我情思无涯，
想要说，我仍然深深爱着你，
我仍然是你的：来吧，来吧！

* * *[①]

今天异教徒把伊斯坦布尔赞美，
而明天就会扬起他们的铁蹄
把它像条冬眠的蛇一样践踏，
然后扬长而去——就这样把它留下。
伊斯坦布尔大难临头，却蒙在鼓里。

伊斯坦布尔不听先知的劝告，
它的心里只想着狡猾的西方，
于是把古老东方的真理忘掉——
它不再祈祷，它也不要马刀，
只在罪恶的生活中恣意放浪。
伊斯坦布尔不想为打仗流汗，
它喝得烂醉，竟忘了祈祷上天。

在那里，纯洁信仰的热情熄灭了：

① 这首诗最早写于游记《埃尔祖鲁姆之行》之中，但缺后面的16行。

在那里妻妾们常去集市游玩，
有些人把老太婆们[①]送上十字路口，
再把男人带进苏丹的后宫，
在那里，受贿的宦官大梦正酣。

　　但我们那四通八达的埃尔祖鲁姆，
我们那高山上的埃尔祖鲁姆并不是这样：
我们不在可耻的奢侈中睡觉，
不用违反教规的酒杯从美酒中
舀取淫荡、欲火和戏闹。

　　我们进行了斋戒：我们喝的是
一股股不醉的圣洁的泉水；
我们高明的骑手成群飞驰而去，
投入战斗，机灵而无畏，
我们像忌妒的雄鹰注视着妻妾们，
我们的后宫默默无声地
屹立着，真的是滴水不渗。

　　安拉多么伟大！
　　　　　　　　一个被迫害的近卫军
从伊斯坦布尔来到我们这里——
于是一阵风暴向我们袭来，

① 对妻子的昵称。

我们遭到了闻所未闻的打击。[①]
从那鲁修克[②]到旧时的斯密尔纳[③]，
从那特拉布宗[④]到图尔恰[⑤]，
召集了一群疯狗来赴丰盛的宴会，
刽子手们成群成群地到达；
土耳其近卫军的房屋纷纷坍倒，
噼噼啪啪燃烧在大火的怀抱；
沾满鲜血的木桩到处竖起；
遍地的焦炭在隐隐燃烧；
冻僵的尸体被钉在木桩上，
一个个发黑，都缩成一团。
安拉多么伟大。当时的苏丹，
心中的怒火正在狂燃。

---

① 指奥斯曼苏丹马哈茂德二世（1785—1839）对 1826 年 6 月 14 日近卫军起义的残酷镇压。
② 保加利亚城市鲁塞的土耳其名称，濒临多瑙河。
③ 今土耳其西部城市伊兹密尔。
④ 土耳其东北部特拉布宗省城市和省会。濒临黑海东南岸一宽阔的海湾。
⑤ 罗马尼亚东南部图尔恰县府，位于多瑙河支流圣乔治河河畔。

* * *[1]

我的亲如手足的朋友，我们
在同一颗星辰底下诞生，
阿佛洛狄忒、福玻斯和红脸酒神
戏弄着我们两人的运命。

我们两人早早来到了
跑马场，而不是扰攘的市集，
我们来到杰尔查文的坟墓旁，
人们迎接我们是多么欢天喜地。

我们从小就娇生惯养。
在引为骄傲的懒散当中，
我们两人都一样很少
关心游子一生的运命。

---

① 这首诗还是一篇草稿。

但是你这福玻斯乐天的儿子，
并不用你那节俭的双手
把自己美好崇高的诗篇
拿到奸商们面前去兜售。

我们在同一些杂志里挨骂，
我们听到的是同样的攻击，
但我们爱惜自己的名声，
宁可在狂饮中麻醉狂放的思维。

有人模仿你那雄浑奔放的文体，
对你百般讽刺和嘲笑，
还有个没了牙齿的批评家，
对着你充满希望的诗篇唠叨。

不寐章

我辗转难以入寐，没有灯；
到处是黑暗和讨厌的梦魇。
只有座钟的滴答滴答声
单调地陪伴在我的身边。
这睡梦的午夜连连的战栗，
这帕耳卡[①]老太婆不休的唠叨，
这生活中如耗子奔窜的嘈杂……
你为何要来把我烦扰？
这枯燥的絮语说的是什么？
是对我的谴责还是抱怨——
为了我白白把光阴虚掷？
你要我怎么样，应该怎么办？
你是在呼唤还是在预言？
我想了解你此中的含义，
我在你身上苦苦地求索……

① 希腊罗马神话中的命运三女神。

英　雄[①]

什么是真理？[②]

友　人

　荣誉总是任性地游荡。
它像条火舌飘飘悠悠，
在它选定的人头上飞翔，
今天从一个人头上消失，
明天又落到另一个人头上。
愚蠢的世人常常习惯于
跟着别人去追逐新颖，
但对于我们，谁的额头上
迸发出火花，谁就是圣人。

---

① 1830 年 9 月 29 日，尼古拉一世来到霍乱流行的莫斯科，这首诗即是为此而写的。写作日期实际上在 10 月份。
② 题词是《圣经》中罗马皇帝提比略的犹太总督（26—36）彼拉多（?—36 以后）在审讯耶稣时提问的一句话。

在皇帝的宝座上，在浴血的战场，
在其他场所的众多公民中，
在这些优秀人物里面，
是谁最能征服你的心灵？

诗　人

就是他，那好战的陌生人[①]，
许多皇帝都对他称臣，
那个为自由征战的军人，
他已经消失，像晨曦的阴影。

友　人

是什么时候，他那奇妙的星光
照亮你的神智，使你惊叹？
是他从阿尔卑斯山上
俯视神圣的意大利平原？
是他威武地高举起战旗，
牢牢掌握着独裁的权杖？
是他把迅速蔓延的战火
引向周围和远方的异邦，
那些战场上捷报频传，
一份接一份飞到他的身旁？

---

① 指拿破仑。

是他那英勇善战的军队
在巍峨的金字塔前欢呼鼓掌，
或者莫斯科默默无言地
迎接他，用焦土上熠熠的火光？

诗　人

不，我看见他，不是在幸福的
怀抱中，不是在浴血的战场，
不是他成为恺撒的女婿[①]，
不是他坐在那块岩石上
忍受寂寞的严酷折磨，
人们嘲笑他，称他为英雄，
他正默默地走向死亡，
身上还披着战时的斗篷；
我看见他不是这般景象，
我看到的是一长列病床，[②]
上面躺着一具具活尸，
他们染上的是病中之王——
致人死命的瘟疫；他面对的
不是两军对垒中的死亡，
他紧蹙眉头，从病床间走过，
握着病人的手，不慌不忙，

① 恺撒指奥地利皇帝。1810 年拿破仑和奥地利公主玛丽-路易丝结婚。
② 传说拿破仑于 1799 年去雅法的医院探望患上传染病的士兵。

于是那些垂危的病人
又振作起精神……我要对天
发誓：谁拿自己的生命
和危险的病症从容周旋，
把黯淡的目光重新点燃；
我发誓：他就是上天的友人，
不管盲目的世人做出
怎样的判断。

友　人

　　　　　　诗人的幻梦，
严酷的历史学家要把你驱散！①
唉！他的声音已经响起②——
吸引世人的魅力又在哪里？

诗　人

　真理之光将会受到诅咒，
假如它一味枉然迎合
那些冷漠、忌妒的庸人——
他们都狂热地追求享乐！

---

① 普希金依据的是《比朗回忆录》，其中否定拿破仑在远征埃及时到传染病医院探视患病士兵的传说。《比朗回忆录》实际上是一个叫维尔马尔的记者所作。
② 即指上述《比朗回忆录》。

不，那使人高尚的蒙骗
远胜于无数卑劣的真理。
给英雄留下一颗心吧，没有它，
他成了什么？暴君而已！

友　人

你在宽慰自己……

一八三〇年九月二十九日
莫斯科

* * *[①]

我记得少年时代学校里的情景；
有许多孩子像我一样无忧无虑；
是一个成分迥异的活泼的大家庭；

一个衣着简朴的谦和妇女，
看起来端庄持重，气度非凡，
对我们学校实行着严格的管理。

她的周围常常拥簇着我那一群同伴，
她总是用亲切和蔼而悦耳的声音
和我们这些年轻的同学交谈。

我还记得她头上缀着什么披巾，
她的双目明亮得有如晴朗的天空，

① 在这首诗中普希金可能是要表现中世纪末期或早期文艺复兴时的意大利。诗似不完整。普希金以但丁《神曲》中的三韵句法写成。

可是对她的谈话我却很少留心。

她的话语蕴含着神圣崇高的意境，
她的前额、安详的双唇和目光
表现出庄重的美，使我难以平静。

对她的忠告和责备我羞惭心慌，
对她那金玉良言的明白含义
我妄加解释，让它完全变样。

我常常独自一人在清朗的夜色里
悄悄溜进陌生人家的花园，
在斑岩砌成的拱顶下独享安谧。

在那里凉爽的树荫给了我安恬；
我放任自己的幻想去自由驰骋，
无边的遐想使我欣喜非凡。

我喜爱清澈的流水和树叶的萧萧声，
我喜爱树荫底下白色的石雕
和雕像脸上沉思忧郁的神情。

那些圆规和诗琴的大理石雕，
大理石雕像手中的宝剑和文卷，
头上的桂冠，帝王身上的长袍——

所有这些形象都在我的心间
产生一种甜蜜的敬畏，一看见它们，
激动的泪水便涌上我的双眼。

还有两座雕像塑造得如此逼真，
它们以其迷人的美让我神往：
这些雕像表现的是两位天神。

一位年轻天神的脸（德尔斐[①]的偶像）
表现出愤怒，充满了可怕的傲慢，
他全身都显示出一种非人间的力量。

另一位是女子的形象[②]，极富美感，
表现着一种令人生疑的理想——
魅人的魔鬼——难以置信，却很美艳。

面对着这些雕像，我心驰神往；
胸中剧烈地跳动着我那年轻的心——
我浑身打了个寒颤，好不心慌。

一种朦胧的渴求让我万分苦闷——
去尝尝从未尝过的欢乐。可是，
我萎靡而慵懒——枉然赋有青春。

---

① 古希腊城市，建有阿波罗神庙。德尔斐偶像指阿波罗。
② 指维纳斯。

我默默无言，郁郁寡欢，终日
徘徊在我那群少年中间，花园中
雕像的影子始终扰乱着我的心绪。

题《伊利昂纪》译本

盲人荷马的译者格涅季奇是个独眼诗人，
因此他的译本只有半边和原著相似。

* * *[①]

为了回返遥远祖国的海岸，
你离开了这片异邦的疆域；
在这难忘的悲伤的时刻，
我久久地对着你痛哭流涕。
我伸出冰凉冰凉的双手，
竭力抱住你，不让你离去；
我痛苦的呻吟在向你恳求：
别打断这生离死别的悲凄。

但是你却移开自己的嘴唇，
毅然割舍这痛苦的亲吻；
你要我离开这黑暗的流放地，
随你到另一个天地去安身。
你说：“等到那一天，当我们
在常年碧蓝的天空下重逢，

① 参阅《“在她祖国的蔚蓝色天空底下”》一诗。见本文集第四卷。

我的朋友，那时在橄榄树下，
让我们再重温这爱情之吻。”

然而，唉，在那个天穹
闪耀着蔚蓝光辉的国度里，
橄榄树的阴影正投落在水中，
你却在最后的梦境里安息。
你的娇美和你心中的痛苦
都在坟墓的瓦罐中消失，
重逢的热吻也化为乌有……
但我等着它，可它已随你而去……

译 BARRY CORNWALL 诗[①]

祝你健康，玛丽。[②]

为我亲爱的玛丽，
我干杯，为玛丽的健康。
我轻轻把门关上，
独自一个，没有客人，
我干杯，为玛丽的健康。

也许有人比玛丽美丽，
美丽胜过我的玛丽，
胜过这位娇小的美人；
但不会有人更可爱，
胜过活泼温柔的玛丽。

---

① 这是英国诗人巴里 · 康沃尔（1787—1874）一首诗的意译。
② 原文为英语，摘自巴里 · 康沃尔的诗。

祝愿你幸福，玛丽，
我的生命的太阳！
唯愿我的玛丽永远
别遇到阴霾的日子，
没有悲痛，也没有忧伤。

梅多克[1]

（威尔士郡亲王）

一路顺风，航船在行进，
旗帜在招展，所有的风帆
都鼓得满满，航行着，船尾前
浪花滚滚，所有的水手
胸中充满了种种遐想。
如今，当危险的航程已完成，
他们又看到了自己的故园；
有个人站在那里，眺望着远方，
在朦胧的轮廓中幻想为他
描绘出早已熟稔的景色，
港湾，海角，凝视的双眼
直望得发疼。另一个紧握着
同伴的手，向祖国表示敬意，
失声痛哭，感谢主的恩惠。
还有一个向主的仆人和圣母

① 此诗是英国湖畔派诗人骚塞长诗《梅多克》开头部分的译稿。

在心中发出默默的祷告，
当他发现一切都顺当，
便在从前的誓愿当中
加上施舍和遥远的敬礼。
梅多克则远离众人，默默沉思，
沉浸在对往事的回忆当中，
他想起光荣的业绩，又有梦想，
又有痛苦的预感和恐惧。
黄昏无限好，阵阵顺风
在绳索间鸣响，可信的航船
乘风破浪，哗哗前进着。
　　　　　　　　　　太阳将下山。

* * *

两个骑士站在
西班牙小姐面前，
两人大胆而自然地
直视着她的双眼。
两人都长得很英俊，
两人的心都在热恋，
两人有力的巨掌
都拄着一把长剑。

他们爱她胜过生命，
他们爱她有如荣誉；
但她只爱着一个，
少女的心选中的是谁？
“决定吧，谁中你的意？”
两人对少女表示，
怀着年轻人的希望，
直视着她的眸子。

我的家世[1]

俄罗斯的下流文人成群地
刻毒耻笑他们的同行，
他们竟说我是个贵族。[2]
你瞧，他们说得多荒唐！
我不是军人，也不是文官，
我不是贵族，在朝廷受封，[3]
我不是院士，也不是教授，
我不过是俄国的平民百姓。

---

① 这首诗是为回答御用文人布尔加林在《北方蜜蜂》对普希金的侮辱而写的。布尔加林攻击普希金，说他的外曾祖父黑人阿勃拉姆·汉尼拔是一个船长用一瓶甜酒的代价买来的，还说普希金模仿拜伦，说自己是有600年传统的贵族。普希金不仅以这首诗对布尔加林的攻击作了回答，而且还讽刺了朝中一些反动的大臣、新贵。这首诗写成后未得到发表，但流传甚广，得罪了许多有权势的人；正是这些人造成了普希金日后的生活困难和被谋杀。

② 1830年普希金积极参加《文学报》的工作，与《文学报》为敌的一些文人污蔑《文学报》的撰稿人是“文学贵族”。

③ 1722年，彼得大帝把军官、八等文官以上的官员和服务过30年以上获得勋章的人封为贵族。

我理解时代的变化无常，
确实，我不和时代争吵：
我们这儿又产生了新的显贵，
他们越是新，就越是显要。
我不过是破落门第的残余
（可惜，还不止我一个人），
我是古代贵族的后裔，
伙计们，我是个渺小的平民。

我的祖父没有卖过薄饼，
没有给沙皇擦过皮靴，
没有和教堂的职员合唱，
没有从霍霍尔①一跃而为公爵，
他也没有当过逃兵，从奥地利
披假发的军队中悄悄逃遁，②
这样看来我怎能是贵族？
谢天谢地，我只是个平民。

我的祖先拉恰③体格强壮，

---

① 霍霍尔是对乌克兰人的蔑称。
② 这一节影射讽刺许多官员：第 1 行暗指亚 · 达 · 缅希科夫公爵，据说他童年时在莫斯科街头卖过馅饼；第 2 行指保罗一世的侍从伊 · 帕 · 库泰索夫，他被封为伯爵；第 3 行指阿 · 格 · 拉祖莫夫斯基，他是伊丽莎白 · 彼得罗夫娜女皇的丈夫，原来是牧人，还做过宫廷教堂的歌手；第 4 行指亚 · 安 · 别兹鲍罗德科公爵，他是叶卡捷琳娜二世的秘书；第 5、6 行可能指彼 · 安 · 克莱因米赫尔伯爵的祖父。
③ 拉恰，传说中普希金的远祖。

侍奉过神圣的涅夫斯基[①]；
伊凡四世，愤怒的沙皇
曾经赦免过他的后世。
普希金家族和世代沙皇
有了往来，在下城的平民
和波兰军队比试高低时，
他们好多人都立下功勋。[②]

叛乱和阴谋都被挫败了，
残酷的战争也已经结束，
人民在决议书上呼吁，
让罗曼诺夫家族当一国之主，
我们也在决议书上画了押，[③]
苦行僧的儿子[④]也垂怜我们。
我们曾经受皇室的器重，
曾经……不过，我是个平民。

一切全坏在耿直的脾性：
我的五世祖生来倔强刚正，

---

① 亚历山大·涅夫斯基（约 1220—1263），诺夫哥罗德公爵和弗拉基米尔大公。1240 年在涅瓦河附近击退瑞典军，1242 年冰上激战中击溃东侵的日耳曼人。

② 17 世纪初下城商人米宁组织民军打退波兰军队，收复莫斯科。普希金家族有人参加过保卫莫斯科的战斗。

③ 1613 年全俄缙绅会议推选米哈伊尔·罗曼诺夫为沙皇，从此开始了罗曼诺夫王朝的统治，直到 1917 年 2 月被推翻。 普希金家族有七人参加过缙绅会议。

④ 即米哈伊尔·罗曼诺夫，他父亲费·尼·菲拉列特做过牧首。

他竟和彼得意见不合，
为了这一点被处绞刑。①
他的例子教训了我们：
当权的人不喜欢争论。
多尔戈鲁基公爵可算有福，
因为他是个聪明听话的人。

那时候，彼得高府皇宫
发生了政变，我的祖父
和米尼赫一样，对彼得三世
忠诚不渝，直到他被颠覆。②
奥尔洛夫兄弟③都飞黄腾达，
我的祖父却被送到要塞囚禁，
于是我们这耿直的家族
平静了，所以我生来是平民。

我还保存着一叠文书，
那上面盖着家族的徽记，
我不和新贵结交往来，
竭力压下刚烈的血气。
我是一介书生，只写写诗，

---

① 彼得一世时期，普希金家族因参加反对改革的阴谋，任御前大臣的费多尔·普希金于1697年3月被处死刑。
② 指列夫·普希金，因忠于彼得三世，政变后被囚禁二年。米尼赫，彼得三世时的将领。
③ 奥尔洛夫兄弟五人因支持叶卡捷琳娜二世政变，受到重用。

我不过是普希金，而不是穆辛[①]，
我不是富豪，也不是高官，
我自己最大：我是个平民。

附　记

费格里亚林坐在家里断定，
我的外曾祖父黑人汉尼拔
落到了一位船长的手里，
船长买了他，用一瓶酒的代价。

这位船长可是大名鼎鼎，[②]
我们的地球由他转动，
他掌着我们这条船的舵，
使大船得以飞快地航行。

船长对外曾祖父和蔼亲近，
用适当价钱买来的黑人
对沙皇勤恳，忠心耿耿，
他不是沙皇的奴隶，是亲信。

他是伊凡·汉尼拔的父亲，
整个敌人的舰队曾当着

① 穆辛-普希金是普希金家族的一个支脉，被封为伯爵。
② 指彼得大帝。

伊凡 · 汉尼拔的面燃烧起火，
纳瓦林在他进攻下第一次陷落。
费格里亚林眉头一皱，断定，
我是贵族当中的平民。
可他在那可敬的一伙中算什么？
他吗？……他是平民街上的贵人。[①]

① 平民街是彼得堡一条妓院林立的街道，据说布尔加林的妻子是从其中一个妓院里娶来的。

茨冈人

在那宁静的傍晚时分，
在那树木蓊郁的河岸上，
帐篷里传来阵阵喧闹和歌声，
处处是刚刚点燃的火光。

你们好啊，快乐的民族！
我熟悉你们的点点篝火，[①]
如果是在另一个时候，
我会随你们去到处飘泊。

明天在曙光熹微的时候，
你们自由的足迹就要消失，
你们走了——但你们的诗人
却不能随着你们同去。

① 普希金流放在基什尼奥夫的时候曾在流浪的茨冈人当中生活过一段时间。

为了享受家庭的恬静，
为了享受乡村的安逸，
他忘记了流浪途中的夜宿，
抛弃了昔日任性的嬉戏。

* * *

灌木丛簌簌地响动……一只
快乐的麋鹿跑上了崖顶，
它从尖尖的崖顶上怯生生
俯瞰底下苍翠的丛林，
它望望明媚鲜亮的草地，
它望望蔚蓝明丽的天穹，
又望望第聂伯河的两岸，
那里是一片蓊郁的密林。
它亭亭玉立，静静地站着，
只敏锐的耳朵在微微扇动……

但它突然震动了一下，
它听到突如其来的响声，
它胆怯地挺起脖子，突然
从崖顶上逃去……

* * *

孩子们，你们快来看看，
这人异想天开，真让人叫绝，
高个子菲尔斯[①]既要赌这些钱，
又要赌那些，那些，那些。

眼睛乌黑的少女罗赛特，
真是漂亮得羞花闭月，
她既迷醉了这些人的心智，
也迷醉了那些，那些，那些。

啊，命运在黑暗中给我们布下
罗网，叫我们难逃浩劫——
韵脚、金钱和这些娇娃，
以及那些，那些，那些。

---

① 指谢·格·戈利岑（1803—1868），普希金的朋友。据说，有一次戈利岑和一个债主赌钱，债主问他："你拿哪些钱赌？是这些还是那些？""那些"指赌债。戈利岑回答："无所谓，赌这些，也赌那些，那些，那些。"

* * *

有两种感情我们最亲近，
心灵从这里得到了滋润：
热爱生养我们的老家，
热爱先辈们安息的祖坟。

这是鼓舞我们的圣物，
没有它，大地便死气沉沉，
犹如…………荒漠，
犹如圣坛缺少了神灵。

* * *

有时，当我回忆起往事，
它便在寂静中咬噬着我的心，
那些早已逝去的苦难
又攫住我的心犹如那幽魂；
当我满世界都看到人群，
我便想到荒漠之中去隐居，
我憎恨他们那软弱的声音——
这时候，在我的梦幻中，我不是
飞往那明媚的地方，在那里
天空闪耀着出奇的蔚蓝，
在那里大海的温暖波浪
正拍打着发黄的大理石雕像，
月桂和郁郁葱葱的松柏
正在大地上繁茂地生长，
气度不凡的塔索在歌唱，
在那里到如今在幽暗的夜晚，
发出回声的悬崖仍然

远远地传播着水手的歌唱。

　我那习惯的梦想又飞向
寒风凛冽的北国的波涛。
那里在白浪滔滔的海面上
我看见一座裸露的小岛①。
那是一座凄凉的岛屿，
荒僻的岸边长满了越橘，
地上铺满枯萎的苔藓，
冰冷的浪花常把它冲洗。
有时候，勇敢的北国渔夫
会漂流过海来这里停靠，
撒下他们潮湿的渔网，
在这里支起烧烤的炉灶。
我这只残破不堪的舟楫
也会被风浪刮到这里。

① 诗中描绘的景色酷似白海中的索洛韦茨基群岛，1820 年俄皇亚历山大一世曾打算把普希金流放到那里。

断　章

如今我歌唱的
不是被露水滋润的
佩福斯①玫瑰，
我的诗赞美的
不是洒上美酒的
泰奥斯②玫瑰；
而是我的伊丽莎
胸前枯萎的
幸福的玫瑰……

---

① 爱与美的女神阿佛洛狄忒神庙所在地。
② 古希腊诗人阿那克里翁的出生地。参阅本文集第一卷《致巴丘什科夫》一诗注释。

* * *[1]

她刚为他朗读了几行诗，
脸上便泛起一片红晕，
她的胸中缓缓地喘着气：
“来吧，我心中未来的夫君，
我用痛苦的诗琴呼唤你。
我到哪里去寻觅意中人？
在这世界上有谁理解我？”
可阿纳托利不明白她的心。

① 此诗取材于法国作家朱尔·雅南（1804—1874）的长篇小说《自白》第4章。

断　章

*　*　*

　　　　　荒漠中

涌出一股泉水，

周围堆着许多石头。

*　*　*

只有一瞬间，一瞬间，

它盛开，鲜艳，辉煌——

可已经在凋萎——而且……

…………被烧伤

是不是你心中的烈火

把这娇嫩的玫瑰烧伤——

* * *

…………严厉的社交界
已不再坚持它的成见，
也许是宽恕了我那早已逝去的
懵懂岁月犯下的罪孽。

* * *

我头上晴朗的蓝天中
只一颗小星星在闪亮，
右边是深红的西方，
左边是苍白的月亮。

一八三一

*　*　*

在这神圣的陵墓[①]前面，
我怀着敬意低头肃立……
万籁俱寂；圣殿的黑暗中
唯有那神灯灯光幽微，
把它金黄色的光线洒向
花岗岩立柱和低垂的旗帜。

立柱和旗帜下长眠着墓主，
北国大军崇拜的统帅，
强国年高望重的卫士，
他所向无敌，威震四海，
是叶卡捷琳娜光荣的雄鹰中
最后一个功勋卓著的英才。

你的坟茔中仍洋溢着热情！

---

① 指彼得堡喀山大教堂里的库图佐夫墓。

它向我们发出俄罗斯的声音；
它一再对我们谈到那一年，
当时代表人民信念的呼声
向你神圣的白发发出呼吁：
“去拯救祖国！”你奋起并得胜。

如今你再听听我们的呼声，
起来拯救沙皇和我们，
啊，威严的老人，你哪怕
片刻显现在坟茔的大门，
显现吧：鼓舞你留下的将士，
唤起他们的热情和勤奋。

请你显现，并用你的手
向我们指示，在一群将领中
谁是你所选中的继承人。
但是圣殿里寂然无声，
你这战士的坟茔里面
安详、永恒的梦是那么平静。

致诽谤俄罗斯的人[1]

你们嚷嚷什么，各国夸夸其谈的论客？
你们为什么诅咒俄罗斯，威胁俄国人？
是什么激怒了你们？是立陶宛的动乱[2]？
别多管闲事：这是斯拉夫人自己的争论，
这是该由命运决定的古老的家务事，
你们解决不了这个错综复杂的纠纷。

这几个民族互相敌视
已是由来已久的事情；
在灾难中屡屡低首屈从的
有时是他们，有时是我们。
在力量悬殊的斗争中谁能挺住：
是傲慢的波兰人或忠实的罗斯人？
斯拉夫支流能不能汇合在俄罗斯大海？

① 法国国会议员（拉斐特、莫根等人）及报界叫嚷武装干涉俄国和波兰的战争，为此普希金写了此诗。
② 指波兰起义。

海会枯竭吗？人们在问。

别多管闲事：你们没读过
那些血迹斑斑的碑文；
你们不明白，你们不了解
这些家庭内部的仇恨；
克里姆林宫和布拉格[1]不会
对你们说明后果前因；
你们着迷的是搏斗的豪气——
因此你们才憎恨我们……

究竟为什么？回答吧：是不是
在焚烧的莫斯科废墟上我们曾蔑视
那个人横蛮无理的意图，
而你们却在他[2]的淫威下战栗？
是不是我们曾经把那
压制着各国的偶像推进万丈深渊，
并且用我们的鲜血夺回了
欧洲的和平、自由与尊严？

你们只会在口头上逞凶——且试试行动！
是不是年迈的勇士，在卧榻上高枕，

① 华沙郊区设防的地带。
② 指拿破仑。

已无力挥动那征服伊兹密尔的刺刀？[①]
是不是俄国沙皇的话已经无人听信？
　　是不是我们要和欧洲重新争论？
　　是不是俄罗斯已不能取胜？
是不是我们人太少？从彼尔姆[②]到塔夫里达[③]，
从芬兰寒冷的悬崖到炎热的科尔希达[④]，
　　从受到震惊的克里姆林宫
　　到中国屹立的长城脚下，
　　只能炫耀钢铁的鬃毛，
　　俄罗斯大地已不能奋发？
　　那么，论客们，就把你们
　　那些凶恶的子孙派来吧：
　　俄罗斯有他们的葬身之地，
　　让他们在熟悉的坟墓旁住下。

---

① 俄国统帅苏沃洛夫曾在1790年夺取土耳其要塞伊兹密尔，被认为是光辉战例。
② 俄国乌拉尔的城市。
③ 克里米亚的古称。
④ 格鲁吉亚西部的古希腊名称。

鲍罗金诺战役纪念日[①]

当我们以兄弟的祭宴纪念
鲍罗金诺战役的伟大日子，
总要说：“多少民族进犯过，
都以灾难来威胁俄罗斯；
欧罗巴不是曾倾巢而出？
是谁的福星在引导他们！……
但是我们却稳稳地站住，
虽然他们听命于那傲慢的人[②]，
我们却挡住了他们的进攻，
我们打平了力量悬殊的斗争。

“怎么回事？如今他们尽在夸口，
竟忘了当年灾难性的逃跑；
忘了俄罗斯的刺刀和风雪

① 此诗写于 1831 年 9 月 5 日，获悉俄军攻克华沙之后。俄军于 8 月 26 日攻克华沙，这一天正好是鲍罗金诺战役纪念日。
② 指拿破仑。

在原野上埋葬了他们的荣耀。
熟悉的宴会又诱惑着他们，
斯拉夫人的鲜血是如此醉人，
但这次沉醉将很痛苦，
他们将长期做着客居的梦，
新居在北方土地的禾苗下，
那里是多么拥挤而寒冷！

“来吧，罗斯在召唤你们！
可你们要知道，应邀的客人！
波兰已不会为你们做向导：
你们得跨过他们的尸身！……”
这话实现了，在鲍罗金诺纪念日
我们的战旗又冲锋陷阵，
插上攻克的华沙城豁口；
华沙就像溃逃的败军，
把血染的旗帜扔进尘埃，
叛乱被平定，于是天下太平。

战斗中失败者未受到伤害：
我们没有把敌人踩在脚底；
如今我们也不提醒他们
多少古代的文献故实
还保存在沉默的传说之中；
我们没有焚烧他们的华沙；
他们不会看见人民的复仇者

怒容满面，雷霆大发，
也不会听见歌手的诗琴
用侮辱的琴声把他们咒骂。

但你们，议会中制造混乱的人，
不负责任的疯狂论客，
向平民发出灾难的警报，你们是
俄罗斯的敌人和恶毒的诽谤者！
你们得到了什么？……俄罗斯
可还是一个病弱的巨人？
北国的光荣可还是一种
不切实际的梦呓，一场梦？
说吧：华沙是否就要发布
高傲的教义以约束我们？

我们该把要塞撤到哪里？①
过布格河，到沃尔斯克拉和利曼？②
沃伦领地③该归谁管辖？
谁该继承波格丹④的遗产？
立陶宛认为有叛乱的权利，

---

① 波兰起义者提出恢复 1667 年《安德鲁索沃停战协定》前波俄边界的要求，即将第聂伯河以西，包括基辅在内的乌克兰土地划归波兰。
② 布格河，今波兰和白俄罗斯的界河，沿河有布列斯特要塞。沃尔斯克拉河，第聂伯河左支流，主要流经乌克兰。利曼，今红利曼市的旧称，在乌克兰。
③ 沃伦领地，公元 9 至 18 世纪的历史地区，在今乌克兰境内。
④ 波格丹·赫米尔尼茨基（约 1595—1657），1648 至 1654 年乌克兰人民反抗波兰贵族压迫的解放战争的领导人。

是否要脱离我们而独立？
我们那衰老的金顶基辅，
最早建立的俄罗斯城市，
是否要拿所有陵墓中的圣物
去和暴乱的华沙结成亲戚？

你们的喧嚷和嘶哑的叫嚣
可曾让俄罗斯的君主惊慌？
你们说吧，是谁低了头？
谁得到胜利：刀剑还是叫嚷？
罗斯是否强大？战争、瘟疫、
暴乱、外部风暴的压力
肆虐一时，曾把它摇撼，
你们瞧：它仍然巍然屹立！
它周围的骚动已一一平定，
波兰的命运也确定无疑……

胜利啦！多么甜蜜的时刻！
俄罗斯！起来，昂首挺立！
响起来吧，普天同庆的欢呼！……
但是在他①的卧榻周围
欢呼的声音要轻些，再轻些，
是他狠狠报复了种种凌辱，

① 指俄国统帅帕斯克维奇（1782—1856），俄伊（朗）战争和俄土战争期间的俄军总司令，曾领导镇压1830至1831年波兰起义。当时他正在养伤。

是他征服了托罗斯山脉[①]，
埃里温也在他面前屈服，
三次战争带给他殊荣，
他和苏沃洛夫一样功勋卓著。

苏沃洛夫从陵墓之中站起，
看见华沙已成网中之鱼，
看到他开创的荣誉的光辉，
他的神灵也为之振奋不已！
这位英雄为俄罗斯祝福，
安慰它的受难，祝愿它安乐，
愿他的将士英勇作战，
庆贺它一路高奏凯歌，
祝福自己年轻的孙儿，
是他带着捷报驰往布拉格。[②]

---

① 土耳其境内的山脉，此处指土耳其。
② 帕斯克维奇派苏沃洛夫元帅的孙儿往华沙郊外的布拉格报告攻克华沙的消息。

回　声

无论是野兽在密林里吼叫，
无论是号角吹响，雷声隆隆，
无论是少女在山那边歌唱，
　　对于每一种响声，
你都会立刻在茫茫的太空中
　　给予呼应。

你谛听着雷霆的轰鸣，
风暴的咆哮，巨浪的喧腾，
还有乡村中牧人的吆喝，
　　你都给以回应，
唯有你自己得不到反响……
　　而你也一样，诗人！

* * *[①]

我们的皇村学校庆祝
神圣的纪念日次数越多，
我们这一圈子老朋友
就越不敢在一起聚合，
我们的人数越来越少，
我们的庆祝也越少欢乐，
碰杯的声音越变得喑哑，
我们的歌唱也越是凄恻。

人间的风暴不时刮起，
冷不防就向我们袭来，
我们虽处身于年轻人的盛宴，
心绪却常常变得悲哀；
我们都已成年；命运注定
我们要经受生活的磨难，

---

① 此诗于 1831 年 10 月 19 日为皇村学校开学日而作。

死神在我们当中徘徊，
把指定的牺牲品频频召唤。

六个座位已无人就坐，
六个朋友已永远离去，[①]
他们在不同的地方长眠——
有的在不同的战场捐躯，
有的在家里或异乡亡故，
有的被疾病，有的被愁苦
带到阴湿黑暗的地下，
我们曾经为他们痛哭。

现在该轮到我了，我觉得
亲爱的杰尔维格在把我召唤，
我那蓬勃青春的同学，
我那忧郁少年的良伴，
一起畅饮、为青春歌唱、
怀着纯洁憧憬的挚友，
已永远离我们而去的天才
正呼唤我去和故友聚首。

啊，亲爱的朋友们，让我们
更紧密地组成忠诚的一班，

① 此时皇村学校第一届毕业生中已有六人去世，他们是：尔热夫斯基（1817）、科尔萨科夫（1820）、科斯坚斯基（1830）、萨弗拉索夫（1830）、叶萨科夫（1831）、杰尔维格（1831）。

我已结束对亡友的歌咏，
现在要对健在者表示祝愿，
希望大家以后再一次
来参加皇村学校的盛宴，
还能拥抱所有健在的人，
不担心会有新的牺牲出现。

致维亚泽姆斯基函摘抄

亲爱的维亚泽姆斯基，诗人兼宫廷侍从……
(你是否认出瓦西里 · 里沃维奇的文风?
从前他给一位侍从的信就这样下笔，
侍从的忠诚和信念就用钥匙[①]来表示。)
如今太阳从乌云后面来把你高照!
那把钥匙也就在你的屁股上闪耀。
乌拉！向诗人兼宫廷侍从赞颂和致敬。
请代我向薇拉夫人恭贺你家的喜庆。

---

① 钥匙是宫廷侍从的标志。

致亚·奥·罗赛特便笺摘抄

从您那儿我知道了华沙的陷落。①
…………
您是光荣的预言者，
是您给了我灵感。

① 1830 年 11 月 17 日波兰爆发了反对俄国统治的起义，1831 年 1 月 25 日华沙议会宣布废除尼古拉一世在波兰的王权，于是俄国军队进入波兰，华沙陷落。普希金对波兰局势极为关心。

断　章

*　*　*

茨冈人伊里亚，这个老家伙，
正瞧着那热情奔放的舞蹈，
合着节拍耸动着双肩，
还在白发的脑袋上乱搔。

*　*　*

孩子们，听好：在很久很久以前
有一个画家，是个虔诚的天主教徒。

一八三二

* * *[1]

一

我们又向前走去——我不禁浑身战栗。
一个小鬼紧紧缩起他的魔爪，
在地狱的烈火旁转动高利贷者的身体。

滚烫的脂油滴进烟熏火燎的铁槽，
高利贷者在烈火中烧得血肉模糊。
我问："这刑罚是出于什么意图，请指教。"

维吉尔[2]说："孩子，这刑罚有很大用处。
这个老家伙一向只知道巧取豪夺，
他凶残地榨取那些向他借贷的债户，

---

① 这是模仿但丁《神曲·地狱篇》的戏作。
② 《神曲》中地狱的向导。

在你们人间他对债户们极其苛刻。”
那在烈火上烧烤的罪人高声喊叫：
“哎哟，如今我宁可在寒冷的忘川沉没！

“哎哟，要是下一阵冬天的雨该有多好！
十分利还可以，这样的利息已不可思议！”
他噗地一声爆裂，我忙把眼睛闭牢。

多么奇怪！这时我闻到一股臭气；
就像有人打破一只发臭的鸡蛋，
又像检疫站的看守点燃硫磺盆的臭味。

我连忙掩住鼻子，把脸转向一边，
但睿智的向导拉着我往前走去，
他抓住铜环，拉起一块石板，

我们走下去，我看见自己就在地下室。

二

这时我看见黑压压的一群恶魔，
远远看去就像一窝蚂蚁一般——
魔鬼们在那里做着可恶的游戏取乐：

一座玻璃山像阿拉拉特火山①一样尖，

① 土耳其东部的火山。

高耸的山峰直插地狱的拱顶，
连绵的山脉横亘在幽暗的平原。

魔鬼们把一颗铁球烧得通红，
用他们的臭爪子把铁球往下扔，
铁球蹦跳着，于是那平滑的山峰
便吱吱叫着，迸出许多光芒四射的火星。
这时另一群迫不及待的魔鬼
便咒骂着，奔出去抓人来受刑。

他们抓来我的妻子和她的妹妹，
剥去她们的衣衫，狂叫着把她们往下抛，
于是她们蜷缩着身子飞快掉下去……

我听见她们发出一阵绝望的惨叫；
玻璃割破、扎进她们的身体，
而魔鬼们则兴高采烈地欢蹦乱跳。

我远远地看着她们，心中万分焦急。

致侍童[①]

（译卡图卢斯诗）

侍童，斟上陈酿！……[②]

侍童，给我满满地斟上
醉人而苦涩的法隆[③]陈酿：
波斯图米亚曾这样吩咐，
她是酒神节狂欢的主持人。
河水啊，你快快流走吧，
这和美酒格格不入的清水
该让守斋的苦行僧去享用：
我们喜爱的是清醇的美酒。

---

① 此诗译自古罗马诗人卡图卢斯（约前 87—约前 54）抒情诗第 27 篇。
② 题词引自卡图卢斯抒情诗第 27 篇的第 1 行。原文为拉丁文。
③ 古意大利的一个省，以生产葡萄酒著称。

* * *[1]

面对上流社会和宫廷中
五花八门无益的扰攘，
我保持着冷静观察的目光、
纯朴的心灵、自由的思想，
燃烧着高贵的真理的火焰，
而且像孩子一般善良；
我嘲笑过虚空的人群，
我恰当而且明晰地判断，
并把满腔的愤恨坦率地
写在札记上，权当笑谈。

① 这首诗在某些版本上有一个题目：《题亚·奥·斯米尔诺娃札记》。亚·奥·斯米尔诺娃（1809—1882），宫中女官，普希金的女友。普希金曾送她一本笔记本，建议斯米尔诺娃记笔记，他在这本笔记本上以斯米尔诺娃的口气写下这首诗。

题安·达·阿巴梅列克公爵小姐[①]纪念册

当年（我心怀深情地想起）
我曾满怀喜悦地疼爱过您，
您是个天真可爱的孩子。
您出落得如此俏丽，如今
我要祝福您，向您表示敬意。
我的心灵和眼睛关注着您，
怀着不由自主的战栗，
我怀着一个老保姆的亲情
感到骄傲，为您和您的荣誉。

① 安娜·达维多夫娜·阿巴梅列克（1814—1889），宫中女官。自幼和普希金相识，被公认为彼得堡最美的美人之一，是一个诗人兼翻译家。

致格涅季奇[1]

你独自一个同荷马促膝长谈，
　我们久久地把你企盼，
你容光焕发从神秘的高空降临，
　给我们带来了你的石板。[2]
怎么回事？你发现我们在旷野的篷帐里，
　在浮华的欢宴之中癫狂，
我们唱着疯狂的歌曲，狂热地跳舞，
　围着我们自制的偶像。
我们躲避你的光芒，心慌意乱。
　你不由得感到悲伤和愤然，
先知啊，你是否要诅咒这轻狂的子弟，
　砸碎你带来的这方石板？

---

① 此诗是对俄罗斯诗人、翻译家格涅季奇（1784—1833）《读〈萨尔坦皇帝的故事〉致普希金》一文的回答。诗中提到格涅季奇各方面的工作：翻译荷马的《伊利昂纪》和莪相的诗歌以及戏剧活动等。

② 此处引用《圣经》故事：耶和华吩咐摩西凿出两块石板以记载他的诫命。参阅《圣经·旧约·出埃及记》第24章和第34章。此处的石板是比喻。

啊，你没有诅咒我们。你喜欢
　从高空躲进山谷的阴影，
你喜欢天上的雷霆，但你也谛听
　红玫瑰上面蜜蜂的嗡嗡声。
真正的诗人正是这样。他衷心赞叹
　墨尔波墨涅[①]精彩的演艺，
也含着微笑观赏街头的娱乐
　和粗俗场面的狂放不羁。
有时是罗马，有时是骄傲的伊利昂[②]，
　有时是老莪相的山国在呼唤他，
他也能惊人地轻松自如地飞翔，
　紧紧追随叶鲁斯兰或鲍瓦[③]。

---

① 希腊神话中主管悲剧的缪斯。
② 即希腊神话中的特洛伊城。
③ 叶鲁斯兰和鲍瓦都是俄罗斯民间文学中的行吟诗人。

美　女

（题 * [1]纪念册）**

她的身上一切都那么和谐美妙，
一切都胜过世俗的社会和热情：
她的容貌是如此端庄而秀丽，
她的神态却如此腼腆而文静；
她的流眄扫过周围的淑女：
没有对手，没有人同样鲜艳；
我们那一群脸色苍白的美人，
在她的光彩下都显得那么暗淡。

无论你匆匆忙忙赶往何方，
即使是去和心爱的人儿幽会，
无论你心中怀着什么梦想，
即使是如此隐秘并为之陶醉，
可是遇到她，你就会惊喜不置，

① 此诗是献给扎瓦多夫斯基伯爵的夫人叶·米·扎瓦多夫斯卡娅（1807—1874）的。

忽然不由自主地停住脚步，
面对着这美的神圣化身，
你会诚心诚意地产生敬慕。

致＊＊＊[1]

不，不，我不该、不敢，也不能
沉醉于爱情的激动而失去理智；
我要严格地保持自己的冷静，
不让心灵燃烧，心醉神迷；
不，我爱得够了，然而为什么
我不能偶尔沉浸于片刻的梦幻，
当一位天国的杰作，年轻而纯洁，
楚楚动人，意外地走过我面前，
缓缓走过，消失了？……难道我不能
怀着惋惜和欢愉之情欣赏这少女，
目送她离去，并且在心里悄悄地
祝福她生活中充满幸运和欣喜，
衷心地祝愿她此生福星高照，

---

① 这首诗是写给娜杰日达·里沃夫娜·索洛古勃（约 1815—1903）的，她是普希金在彼得堡的朋友。

内心快乐而宁静，万事如意，
甚至祝愿她的意中人幸福——
他将把可爱的少女称作娇妻？

题纪念册

命运的专制将我远远地
逐出繁华靡丽的莫斯科，
我将心怀深情回忆起
您如花盛开的那个场所。
京城的喧嚣把我惊扰，
在其中生活我感到郁闷，
只有对您的频频思念
才让我忆起莫斯科的身影。

题纪念册

我的笔已很久没有触及
这本弥足珍贵的小册；
真是抱歉，在我的书桌里
你的纪念册已放了很久，
我未曾写一行祝愿的诗作。
恰巧遇上你的命名日，
我十分高兴向你祝贺，
祝愿你生活得幸福美满，
有很多舒心甜蜜的欢乐——
帕耳那索斯上雷声隆隆，
生活中有许多平静的时刻，
而在你的良心上边
并没有欠下一本纪念册，
来自美人儿和朋友的嘱托。

* * *①

我想让心灵重新兴奋，
和昔日少年时代的友人
在甜蜜的睡梦之中亲近，
重温当年生活的欢欣。

———

我来到这方遥远的边地，
我渴求的并非轰动的……
在刀光剑影的战云之中，
我并不寻觅黄金和功名。

① 此诗叙说的是作者于 1829 年来到外高加索和十二月党人朋友重逢的心情。这是一篇诗稿的片断。

仿　古[①]

一

干净的地板擦得发亮，玻璃酒杯闪着亮光；
所有的宾客都戴上桂冠；有的眯起眼睛，
闻着芬芳的神香；有的打开盛酒的双耳瓶，
醉人的酒香飘得更远；一瓶瓶晶莹的凉水，
闪耀着金黄色的面包，琥珀色的蜂蜜，
新鲜细嫩的干酪，已准备停当；祭坛缀满
鲜花。合唱队在歌唱。但在进餐之前，朋友们，
应先祭祀神灵，郑重地向神灵许愿祝祷，
应当向诸神祷告，求神赐予我们纯洁的心，
以维护真理：这样做心里会轻松些。现在
我们开始进餐：大家开怀畅饮。问题不大，
晚上回家，只要有奴隶扶好，细心照料；

① 这两首诗译自法国人文学家、神学家、翻译家勒菲弗尔（1455—1536）的一本书，其中收入3世纪希腊诗人阿费涅伊所编希腊诗集《圣哲的欢宴》的法译文。

但荣耀归于席间睿智而轻声谈论的客人!

(译色诺芬尼[1]诗)

二

这里有一支出色的长笛费翁。斯基帕尔老人,
因年高而失明,从前生下了这合唱队的领奏,
他灵感一来便把这婴孩命名为费翁。席间,
讨人喜欢的费翁愉快地赞美了酒神和缪斯,
他也赞美了英俊的少年瓦塔尔——一个过路人!
当你从坟墓旁匆匆走过,请说一声: 你好,费翁!

(译阿费涅伊[2]诗)

---

① 色诺芬尼(约前570—前480),古希腊诗人、哲学家。
② 这首诗系古希腊诗人盖迪卢斯(前3世纪)所作。

* * *

快乐的葡萄之神，
让我们在晚宴中
畅饮三杯美酒。
首先为美惠三女神干杯，
她们裸露而含羞；
接着为满面红光、
身体健康而干第二杯；
然后为多年的友谊干下第三杯。
聪明人饮下三杯酒，
就把头上的桂冠摘下，
把美酒献给
甜蜜的莫耳甫斯①。

① 希腊神话中的睡梦之神。

一八三三

* * *

年轻人！饮宴要懂得规矩，丝丝响的美酒
要兑上些清水，说话也要得体。

美　酒[①]

（希俄斯岛[②]的伊翁）

可恶的顽童，年轻的老翁，善良的主宰，
爱情的热烈庇护者，我们为你而骄傲！

① 此诗译自阿费涅伊所编《圣哲的欢宴》。
② 爱琴海岛屿。

《骠骑兵》 И. В. 西马科夫 绘　1904 年

骠骑兵[①]

他用铁刷子刷着马匹，
嘴里嘀咕着，发泄着怒气：
“一定是那凶恶的魔鬼
把我送到这可恶的驻地！

“这里人们保护一个人，
就像在激战的土耳其战场，
给你一碗清汤已很不错，
白干可是连想都别想。

“这里老板瞧着你的样子
就像头野兽，至于老板娘……
无论是行礼还是用马鞭
要引她出门，恐怕是幻想。

① 这首诗是根据乌克兰民间故事写成的。

"基辅可好啦！多妙的地方！
面团子自己往你嘴里跑，
要洗蒸汽澡，哪怕用酒浇，
而年轻的娘儿们又有多俏！

"那黑眉毛的美人只要瞧你一眼，
真的，就值得把心儿掏给她。
只有一件事情很不妙……"
"什么事不妙啊？请教阁下。"

他捻着长长的胡子说道：
"我说这话不是要你难堪，
小伙子，也许你不是个胆小鬼，
但有点傻，我可是见过世面。

"你听我说吧：当年我们的团
驻在第聂伯河附近，老板娘
长得漂亮，心地也很和善，
可丈夫亡故了，请注意听我讲。

"这一来我便和她好上了，
我们和和美美，亲如一家：
就是打她，我亲爱的玛露霞
也决不说一句难听的话；

"我喝醉了，她便让我躺下，

张罗点酒液，让我解解宿醉；
只要我给个眼色，叫声：相好的！
她说什么也不会和我顶嘴。

“这么说，还有什么可发愁的？
日子过得美满，无忧无虑！
可是不：我突然忌妒起来。
有什么法子，魔鬼在作祟。

“我自个儿思忖，她为什么
鸡叫前就起身？赴谁的约期？
我那亲爱的玛露霞在找乐子，
魔鬼要把她带到哪里去？

“我开始监视她的行动。
有一次我躺着，眯缝着眼睛
（此时夜色比地狱还黑，
外面狂风大作，雨势正猛），

“于是我听见：我那相好的
轻手轻脚地跳下热炕，
她悄悄把我扫了一眼，
坐到炉灶旁，把炉火吹旺，

“她点燃一支细细的蜡烛，
拿着蜡烛走到屋角旁，

从架子上拿下一个玻璃瓶，
然后坐在炉灶前的扫帚上，

“她把衣服脱得精光，然后
对着玻璃瓶喝了三口，
突然她骑在扫帚上飞了起来，
钻进烟囱，悄悄地溜走。

“好啊！我一下子看明白了：
我那相好的看来是妖精！
且慢，我亲爱的小心肝！……
我爬下热炕，看见了玻璃瓶。

“我闻闻：好酸！什么东西！
我把它泼在地上：多奇妙，
炉叉跳了起来，然后是木盆，
双双跳进炉灶。大事不好！

“我看见长凳下猫儿在打瞌睡，
我拿起玻璃瓶往上浇——
它打了下喷嚏！我叫了声：走！……
它跟着木盆跳进了炉灶。

“这一下不管碰到什么，
我都随手拿玻璃瓶往上浇：
瓦盆、凳子、桌子等用具

便开步走！通通跳进了炉灶。

"'真见鬼啦！'我心里暗自思忖，
'这会儿我们也来试一试！'
我一口气喝光，信不信由你——
我突然像羽毛一般飞了上去。

"我一个劲儿飞啊飞啊飞啊，
不记得也不知道飞往哪里；
一遇到星星我就大叫：
让开！……我终于渐渐落了地。

"我一看：是座山，在这座山上
几口锅在沸腾，人们在游戏、
唱歌、吹口哨，在恶作剧中
让犹太人和蛤蟆举行婚礼。

"我啐了一口，想说句什么……
突然跑来了我的玛露霞：
'回家去：冒失鬼，谁叫你来这儿？
会把你吃掉的！'可是我不怕：

"'回家？''是的！''绝不！我怎么
认得回去的路？''怪人一个！
这是把火钩，快点骑上去，
赶快走开吧，你这该死的。'

“‘叫我这宣过誓的骠骑兵
骑上火钩子！你这个糊涂鬼！
是不是还要我投敌去卖身？
还是你身上长着两层皮？

“‘给我马！’‘好吧，傻瓜，给你马。’
我面前出现一匹马，一点不假，
用蹄子刨着地，浑身火红，
脖子像把弓，尾巴像喇叭。

“‘骑上去。’我纵身骑上马背，
寻找着笼头，笼头找不着。
马儿驮着我飞上了云端，
一会儿就在炉灶旁降落。

“我一看，一切还是老样子，
我还骑在上面，我胯下
不是马，却是一条旧板凳：
瞧，有时会发生什么事啊。”

他捻着长长的胡子说道：
“我说这话不是要你难堪，
小伙子，也许你不是个胆小鬼，
但有点傻，我可是见过世面。”

* * *

伊凡亲家，我们一拿起酒杯，
就会想起三个玛特廖娜，
还有那个鲁卡和彼得，
然后还想起帕霍莫夫娜。
我们和他们相处得很好，
不管你怎么想——全是命中注定——
这些人我们都应该纪念，
我们必须纪念这些人。
要纪念，这就来纪念吧，
要开始，这就开始吧，
斟酒吧，都把酒杯斟满。
亲家，是时候啦，就开始吧。
我们首先用啤酒来纪念
鲁卡、彼得和三个玛特廖娜，
然后用馅饼和葡萄美酒
来纪念我们的帕霍莫夫娜，
我们还要把她来纪念：

我们都要讲讲那故事——
从前有个讲故事的好手，
她从那里得到了好多知识。
那些古代东正教特有的
民间壮士歌和虚构的故事、
民间歌谣中的俏皮话和笑话，
都包含着多少明达的道理！……
听着就叫人心中喜滋滋，
就是叫我不喝也不吃，
也要一直坐着听下去。
是谁编得这样入情入理？
这些老人不管什么时候
（可惜我们现在没有空闲），
我们都应该好好地纪念，
我们必须纪念这些人……
听我说，亲家，现在我开始，
你跟在后面，把故事讲下去。

布德雷斯和他的儿子们[1]

布德雷斯有三个儿子，和他一样是立陶宛人。
　　他来到儿子们那里，和他们叙谈。
“孩子们，你们要修好马鞍，牵出战马，
　　还要磨快你们的斧钺和刀剑。

“这消息确实可靠：维尔诺[2]已筹划停当，
　　要兵分三路往三个方向进军。
帕兹[3]去打波兰人，奥尔格尔德去打普鲁士，
　　凯斯图特将军[4]去打俄国人。

“你们都是年轻人，勇敢剽悍的大力士，
　　(还有立陶宛的神在保佑你们！)
眼下我不去出征，只派你们去夺取胜利，

---

① 这是密茨凯维奇叙事诗《三个布德雷斯》的翻译。
② 即维尔纽斯，今立陶宛的首都。
③ 立陶宛大公奥尔格尔德的儿子。
④ 奥尔格尔德的弟弟。

你们三个人就分三路去出征。

“各人都有奖赏：一个前往诺夫哥罗德，
可以从俄国人的战利品中发大财。
他们的妇女装束华丽，有如圣像的金饰；
家家殷实，风俗也丰富多彩。

“第二个可以从普鲁士人，该死的十字军那里
夺取许许多多贵重的东西，
有世界各地的钱财，颜色鲜艳的呢绒；
琥珀在那里多得像海边的沙子。

“让第三个随帕兹去勇敢地攻打波兰人，
波兰没有多少金银和财物，
弄把马刀很不错，可是他定会从那里
给我带回一个美丽的儿媳妇。

“世界上没有哪个皇后比波兰少女美丽。
她快活，就像炉灶旁的小猫，
她鲜艳得像玫瑰，白皙得好比酸奶油；
眸子亮得像蜡烛在燃烧！

“孩子们，我年轻的时候也去过波兰，
从那里带回来可爱的妻子；
尽管我活了这么大岁数，当我望着那边，
我还是想起她那可爱的样子。”

孩子们辞别了父亲——整装上路。
　　爱家的老人等啊等着他们，
日子一天天过去，一个也没有回还。
　　布德雷斯暗想：看来已经牺牲！

雪花纷纷落下，一个儿子在路上飞奔，
　　斗篷底下藏着一大包东西。
“你得到了什么？那是何物？是不是卢布？”
　　“不，我的父亲，是个波兰少女。”

飘着鹅毛大雪，一个骑士带着包裹飞奔，
　　黑色的斗篷盖着那包东西。
“斗篷下藏着什么？莫不是彩色的呢绒？”
　　“不，我的父亲，是个波兰少女。”

雪花纷纷落下，第三个儿子带着包裹飞奔，
　　黑色的斗篷盖着那包东西。
老布德雷斯忙着他的事，不想问什么，
　　只请来客人为三个儿子办喜事。

将　军[1]

半夜三更，一个将军
打完仗返回家园。
他吩咐仆人别声张，
直奔卧室的床前；
他撩起帐子……果真！
床上人影都不见。

他脸色比黑夜还阴沉，
垂下凶狠的双眼，
他捻着花白的胡须……
把袖子往上一卷，
他走出去，把门销上，
“好啊，你这贱人！”他叫喊，
“为什么篱笆旁边
门不闩，狗也不在？

① 这是密茨凯维奇叙事诗《监视》的随意翻译。

狗奴才，瞧我收拾你！……
带好枪、绳子和麻袋，
给我取下墙上的步枪。
我要好好收拾她！跟我来！……”

潘[①]和年轻的仆人
在篱笆下悄悄地监视，
走进花园，透过树丛，
看到喷泉旁的凳子，
上面坐着穿白裙的潘娜，
她跟前有一个男子。

男子说：“一切都完了——
我刚刚尝到的欢愉，
让我迷恋的一切：
雪白胸脯的喘息、
娇嫩小手的紧握，
将军统统都买去。

“多少年我为你苦熬，
多少年我把你寻觅！
你总是拒我于门外。
他不寻觅也不相思，

① “潘”是波兰贵族、地主的称号，兼有贵族、老爷、先生、主人等意思。女性称“潘娜”。

只把银币弄得叮当响，
你就做了他的妻。

“我趁黑来到这里，
看看可爱潘娜的眸子，
握握她娇嫩的小手；
祝愿她这座新居
带给她长久的快乐，
然后就永远离去。”

潘娜又哭又伤心，
他吻着她的双膝。
主仆俩在树丛中观察，
两人把枪支放下地，
又咬开一管弹药，
用装药杆装进枪里。

两人悄悄地走过去。
“我的潘，我不能瞄准，”
可怜的仆人低声说，
“眼里直流泪，大概是有风，
浑身发抖，手上没力气，
连火药也装不进。”

“小声点，做奴才的料！
准叫你哭，等我有空闲！

往药池里撒药……瞄准……
对准她额头，往上……左边。
我来对付那男子。别出声。
我先来，你等一等再干。”

花园里响起了枪声。
年轻的仆人没等到潘开枪；
将军惨叫了一声，
将军的身子晃了晃……
看来年轻人打偏了：
一枪打在主人的头上。

* * *

如果不是热切的心灵中
存在着一种朦胧的神往，
我会长留在此处——享受
人所不知的宁静的欢畅：
我会忘记憧憬时的战栗，
把整个世界称为虚无——
不断谛听这喁喁细语，
不断亲吻这一双秀足……

秋[1]

（断章）

我的昏昏沉沉的脑子有什么没有想到啊？

——杰尔查文

一

十月来临了——小树林从它那
光秃的枝丫上抖落了剩余的树叶，
吹来寒冽的秋风——道路冻结了。
小溪还在磨坊那儿潺潺地流泻，
池塘已经结冰，邻人迫不及待
匆匆去打猎，兴高采烈出了门，
疯狂的游乐糟蹋了秋播的作物，
猎犬的吠声惊醒了沉睡的树林。

① 此诗构思于1830年秋天，当时普希金在波尔金诺。原题为《一八三〇年乡村的秋天》。

二

这才是我的季节，我不喜欢春天；
融雪天使我寂寞，臭气、泥泞使我病春；
血在冲动，我思想苦闷、心情郁悒。
严酷的冬天更使我精神振奋。
我爱冬天的雪，在溶溶的月光底下，
和女友乘上雪橇，奔驰得轻快而欢畅，
她穿着貂皮大衣，温暖而又娇艳，
紧握着我的手，热烈，还有点慌张！

三

多么快乐啊，双脚穿上了冰刀，
在光滑如镜的河面上滑冰！
而冬天的节日又多么隆重和热闹……
但是要老实承认：半年里雪下个不停，
就连那洞穴里的住客——狗熊
也终于厌倦。我们可不能一生一世
和妙龄的阿尔米达[1]乘雪橇兜风，
或关在双层窗里围着火炉挨日子。

① 此处作美女解。

四

啊，夏天是美丽的！我本来会喜欢你，
如果没有暑热、灰尘、蚊子和苍蝇。
你扼杀了我们全部心灵的活动，
你折磨我们，我们像土地遇到了旱神。
我们只求把水喝够，使自己得到凉爽，
此外没有别的想法，我们留恋冬天，
我们用薄饼和美酒送走冬天婆婆，
又用冰淇淋和冰镇饮料把她悼念。

五

人们总是咒骂晚秋的日子，
但我却喜欢它，亲爱的读者，
我爱它那沉静的美，它的明丽和温柔。
它像家里一个不讨人喜欢的孩儿
深深吸引着我。我坦白地告诉你们，
一年四季当中，我唯独喜欢秋日，
它有许多好处；我像个实在的情人，
在它身上发现了自己神往的品质。

六

这该怎么解释？我确实喜欢它，

就像您有时候也许会喜欢
一个害肺病的姑娘。她必死无疑，
可怜的人儿就要倒下，却毫无怨言。
在她凋萎的嘴唇上浮现着微笑；
她没有听见坟墓的大门已经打开；
在她脸上还泛出鲜艳的红晕。
她今天还活着，而明天已经不在。

七

令人忧伤的季节！你让人眼目迷醉，
我喜欢你这即将逝去的绮丽——
我爱大自然凋萎时的缤纷芳菲，
树林披上了深红和金黄的外衣，
波浪般的云雾在空中翻滚萦回，
树荫里风声萧萧，送来凉爽的气息，
还有那稀疏的阳光、最初的寒意，
白雪皑皑的冬天已在远处扬威。

八

每逢秋季来临，我便精神焕发；
俄罗斯的寒冷有益于我的健康；
对于惯常的生活我又重新热爱；
睡意不断袭来，还想填补辘辘饥肠；
血液在心中轻快欢畅地流动，

欲望沸腾了——我又感到欢乐年轻，
我又充满了活力——这就是我的肌体
（请原谅我的连篇废话有渎清神）。

九

仆人送来了骏马，马儿载着骑手，
扬起鬃毛，奔驰在广阔的田野上，
在闪亮的马蹄下冰层裂成了碎块，
清脆的蹄声在封冻的山谷里飘荡。
但短促的白日过尽了，淡忘的壁炉里
又升起火来——时而火光通明，
时而隐隐阴燃——我坐在炉前读书，
有时是深长的思绪在心中回萦。

一〇

我忘记了世界——在甜蜜的静谧中，
我飘然若仙，沉醉在甜蜜的幻想里，
诗情在我的胸中涌动、苏醒：
我心中情思汹涌，几乎难以抑制，
它战栗着，呼求着，像在梦中一般，
寻求自由的表现，以最终一吐为快，
这时一大群我早已熟悉的幻象——
我的幻想的成果，纷纷向我涌来。

一一

于是脑子里的文思汹涌澎湃，
轻快的韵律迎着它飞奔而来，
我的手不由得拿起笔，笔奔向纸，
转瞬之间，一行行诗歌流泻得飞快。
仿佛一艘停在平静海面上的大船，
看哪！水手们突然奔忙起来，爬上，
爬下——于是所有的帆都鼓满了风，
大船乘风破浪，扬帆开航。

一二

它航行着。可是它开往何方？……
…………
…………

* * *

上帝保佑别让我发疯。
是的，我宁愿拄着拐杖去求乞；
　是的，我宁愿去做工去挨饿。
并不是因为我如此珍惜
理性，并不是因为我不情愿
　就此和理性永远分离：

要是能让我随心所欲，
我会立刻就拔腿奔向
　那座幽深昏暗的森林！
我会在狂热的谵妄中歌唱，
我会在稀奇古怪的幻想中
　纵情想象并为之神往。

我会谛听波浪的喧嚷，
我会深深沉浸在幸福之中，
　仰望万里无云的蓝天；

我会感到自由和强劲，
像一股能刮起地面的泥土，
　也能摧毁森林的飓风。

一旦发疯，那就是灾难，
你就会像瘟疫一样可怕，
　人们会把你禁闭起来，
用锁链锁住你这个傻瓜，
人们还会把你当作野兽
　逗弄，隔着禁闭你的铁栅。

而在深夜里，我将要听到的
不是夜莺嘹亮的歌唱，
　不是森林低沉的喧嚣——
而是我的同伴的叫嚷，
是夜间看守粗野的詈骂，
　是刺耳的尖叫，镣铐的声响。

* * *[1]

帝王们的亲信米岑纳特[2]，
我的远古时代的庇护人！
如今有些人驱着竞赛马车
在赛车场荣誉的烟尘中驰骋，
他们用那滚烫的车轮
撞击着禁止逾越的围墙，
企望取得胜利的奖誉，
希冀与上界神灵颉颃。
另一些人搜罗着各种头衔，
竭力往自己的头上装扮，
一些反复无常的公民
向他们传播着……流言。

---

① 此诗是贺拉斯史诗片断的译稿。
② 米岑纳特（前74/64—前8），古罗马奥古斯都皇帝的亲信，对诗人们的庇护使他的名字成了诗人庇护者的同义语。

* * *[①]

皇帝看见自己的面前
小桌上放着一个棋盘。

他把一些蜡制的小兵
排列成整整齐齐的队形，
把他们一一放在棋盘上。
这些小玩偶挺起胸膛，
威严地在各自的小马上坐好，
个个戴着棉布做成的手套，
头上戴着饰有羽毛的尖顶盔，
双刃剑在肩上闪耀着光辉。

他面前放着一个大盆，
命令人把清水往盆里注进；
他把无数精美的轮船、

① 这是一首未完成的童话诗片断。

驳船、帆船和小小的舢板
放进水盆里让它们游动，
这小船都用核桃壳制成。
…………
…………
那些小帆都玲珑透亮，
就像蝴蝶小小的翅膀。
而绳索…………

* * *

评判法兰西诗匠们的铁面无私法官，
啊，古典主义理论家布瓦洛，我向你呼唤：
虽然你遭遇到无情命运的残酷摆布，
在自己的祖国已不再像先知受到关注，
虽然一些聪明人已经伸出粗暴的手，
要把你那浓密假发上的桂冠摘走，
虽然你受到最新自由学派的贬损，
你转过光秃的后脑勺向他们表示气愤——
然而，作为您忠实的崇拜者，我要恳求你
做我的领路人。我要大胆跟随你的足迹
去占领那个讲坛，从前你曾经在那里
过分赞扬过十四行诗的优异品质，
然而，在那里你也曾以理性的评判战胜
当年那些蠢材和当时的奇谈怪论。
如今一些胜过老骗子的新生骗子又出现——
他们的胡言乱语很使我寝食难安，
难道就这样默默无言地倾听？多不幸！……

不，我要一劳永逸地把我的观点表明。

　哦，你们只凭着一时的匹夫之勇，
就抓起笔杆，在白纸上胡乱涂抹一通，
接着连忙把稿件拿出去排版付印，
且慢，在出版之前先想一想，你们的心
充满的是什么，是直接来自真正的灵感，
或者只是些未曾深思熟虑的打算，
是你们的手发痒，想涂抹些不经之谈，
或者是债主不相信你们，逼你们还钱。
你们还不如存一点平常实在的希望，
去从事文职或者军人的普通行当，
可以跟有名的茹科夫①做些烟草生意，
在劳动之中为自己赢得利益和声誉，
胜似硬往杂志里塞进各种广告，
为达官贵人苦心编写献媚的诗稿，
处心积虑对弱小的同行冷嘲热讽，
或者是趾高气扬大胆地蔑视舆论，
(像某些下流作家）从疏忽的读者那里
搜集订户——以期继续胡言乱语。

---

① 茹科夫，彼得堡烟草商人。

* * *

空旷的田野上波浪般起伏的
积雪在放射着银白的光辉，
明月照耀着，一辆三驾马车
在野外广阔的道路上奔驰。

唱吧：在旅途寂寥的时刻，
在这驿道上，幽暗的夜色里，
这豪爽嘹亮的亲切歌声
会给我的心带来多少甜蜜。

唱吧，车夫！我将默默地
一字不漏地倾听你的歌声。
明月正洒下清冷的银辉，
远方寒风的呼啸多叫人揪心。

唱吧："松明，小小的松明，
你为什么不燃烧得更明亮？"
…………

* * *[①]

听，礼炮齐鸣！鼓满风帆的舰船
放出的硝烟笼罩着战斗的舰群，
军舰驶进了涅瓦河——波浪中，
它像娇嫩的天鹅摇晃着前进。
俄罗斯舰队一片欢腾，宽阔的涅瓦河
风和日丽，激动万分，
它波澜壮阔，拍打着岛群，
…………

① 此诗描写新军舰下水。

* * *[①]

小铃铛儿丁零响，
小手鼓儿咚咚敲，
那么多人，那么多人，
叮叮当，叮叮当。
那么多人，那么多人，
瞧着个吉卜赛女郎。

吉卜赛女郎跳着舞，
小手鼓儿敲得咚咚响，
手里挥着红手绢，
瞧她唱得多欢畅：
“我会唱歌会跳舞，
还会算命卜吉凶。”

---

① 这是一篇草稿，可能是普希金在学西班牙文时读塞万提斯的短篇小说《吉卜赛姑娘》后所作。

一报还一报[1]

公　爵

给您讲解安邦定国的方略，
在我看来实在是多此一举。
无须向您建言任何良策。
您以满腹经纶盖世无双。
在各个方面您都可以信赖。
您比任何人都更加正确地了解
民心人情、法律和施政的程序。
我给您一道谕旨：我们希望
您不会拒绝我的这个要求，
请安哲鲁进来与您相见，怎么样，
依您看，他可适合在这个位置上？
您知道，在我离开时，他会被委任
代替我执政，我会让他享有

① 此诗是莎士比亚悲剧《一报还一报》片断的翻译。

这政权代理人应有的宠信和敬畏，
对他，您怎么看？

爱斯卡勒

如果在整个维也纳
有谁应享受到这样的尊贵和荣耀，
那只有这位安哲鲁。

公　爵

瞧，他来了。

安哲鲁

受到殿下这样的恩宠，微臣
特地趋前聆听主公的谕旨。

公　爵

安哲鲁，你一生的功勋事业决定于
你今后将要创立的业绩。

断　章

*　*　*[①]

在遐迩闻名的穆罗姆土地上，
在一个叫卡拉恰罗沃的村庄，
住着诵经士和他的老伴，
在他们平静一生的晚年，
上帝给他们送来了欢乐，
赐给了他们一个小儿。

*　*　*

　　聋子似的群俗
盲目将流行的时尚追逐，
每天更换高价的用品，
昨天刚刚受宠的时新，
身价就一级级地往上跳。

① 此诗是未完成的童话稿，叙述勇士伊里亚·穆罗梅茨的故事。

一八三四

* * *[1]

该走了，亲爱的，该走了，心儿要求宁静，
日子一天接着一天飞逝，每一点钟
都带走生活的一部分，我们两个人
打算的是生活，可你看，死亡却已临近。
世界上没有幸福，但有自由和宁静。
我早就梦想着那令人羡慕的运命，
我这疲乏不堪的奴隶，早想远走高飞，
到远方隐居，在写作和安乐中憩息。

① 1834 年 1 月尼古拉一世公开追求普希金的妻子，把普希金"封"为宫中低级侍从，普希金不得不应付于宫廷和上流社会之间，他非常苦闷，想带着妻子隐居到乡下去。这首诗是写给他的妻子娜塔丽亚·冈察罗娃的。

* * *[①]

　　他曾经生活在我们当中，
生活在他的异族中间；他心中
对我们并未怀过恶意，我们
对他也很挚爱。他和蔼亲切，
常常参与我们的谈话。我们
和他一起谈论过纯洁的幻想
和诗歌（他从上帝那里得到灵感，
他高瞻远瞩，俯视人生）。他常常
和我们畅谈未来的时代，那时
各民族人民将把争端放在一边，
团结起来，组成一个伟大的家庭。
我们专心致志地听着诗人。他到
西边去了——我们为他祝福，
给他送行。但如今这和蔼的诗人

① 这首诗是读了密茨凯维奇的诗集后写作的。密茨凯维奇的诗集中收入了几首政治讽刺诗，其中有一首《致俄国朋友们》，系反驳普希金关于波兰起义的诗。

却成了我们的仇敌——为了迎合
一群狂暴的无知之徒，他竟在
诗歌中注入毒汁。从远方不断
传来这位愤恨的诗人的声音，
多么熟悉的声音！……上帝啊！请以
你的真理与和平净化他的心灵。

*　*　*

我在令人悲伤的风暴中成长，
我那岁月的洪流长久混浊不清，
如今因暂时风平浪静而安宁，
于是映照出一片蔚蓝的穹苍。
这能持续很久吗？……似乎过去了，
风暴肆虐的日子，痛苦考验的日子。

* * *[1]

维苏威张开大口——冒起一股股浓烟，
火焰像战斗的旗帜燃成宽广的一片。
大地在震荡——连同那些摇晃的立柱，
雕像一座座倒塌！惊慌万状的人民
成群结队，不分老少，冲出城门，
冒着燃烧的灰烬，冒着如雨的乱石。

---

① 1834年俄国画家卡·帕·布留洛夫（1799—1852）的油画《庞贝城的末日》在彼得堡展出，普希金为此写了这首诗。

* * *[①]

我悲怆地站在墓地上，
环顾四周——是一片
死亡的神圣坟场
和无边的茫茫草原。
从这长眠的营地旁
有条村道在伸展，
……偶尔有一辆
大车走过那上边。
左右是一片蛮荒，
没有树木和山川，
偶见有几簇榛莽。
无言的石碑和坟山，
木制十字架的平常，
都那么单调而凄凉。

① 此诗是对鲍罗金诺旧战场的描写。未完成。

西斯拉夫人之歌[①]

前 言

这本歌集大部分译自1827年末巴黎出版的《居士拉，亦名伊利里亚诗集，采自达尔马提亚、波斯尼亚、克罗地亚和黑塞哥维那》[②]一书。不知名的出版者在序文中说，他在收集这些半开化民族的朴素诗歌时，并未想到发表它们，但后来发现读者对于外国作品，尤其是形式上与古典典范作品相去甚远的作品的越益广泛的兴趣，便想起他所收集的歌曲，于是听从朋友的建议，从这些诗歌中译出几首云云。这位不知名的收集者不是别人，而是梅里美，一位敏锐而富有独创性的作家，《克拉拉·加苏尔戏剧集》《查理九世朝遗事》《双重误会》和其他一些在目前法国文学深刻而令人惋惜的衰落中显得极其卓越的作品的作者。诗人密茨凯维奇，一位敏锐而富有洞察力的批评家，斯拉

① 16首歌中的11首是根据梅里美的《居士拉》意译的，2首译自塞尔维亚民间文学家武克·斯特凡诺维奇·卡拉吉奇（1787—1864）的《塞尔维亚民歌选》（《夜莺》、《兄妹》），3首是普希金自己创作的（《罪人格奥尔基之歌》、《米洛什将军》、《雅内什王子》）。

② 原文为法文。

夫诗歌专家，并不怀疑这些诗歌的真实性，一位德国学者还写了长篇学术论文论述这些诗歌。

我很想了解，这些怪异诗歌的发现有何根据。谢·亚·索波列夫斯基应我的请求，写信给与他有过短暂交往的梅里美询问此事，并收到如下复信[①]：

巴黎，1835 年 1 月 18 日

先生，我本以为《居士拉》只有七个读者，其中包括您、我和一位校对；如今我非常高兴地知道，还可以增加两位，使总数达到“九”这个吉利的数字，并证明了一句谚语——在自己的祖国谁也不是先知。我将真诚地回答您的问题。我写作《居士拉》有两个动机——首先，我想嘲笑一下“地方色彩”，在基督诞生后的 1827 年夏天，我们曾盲目地热衷于此。为了解释第二个动机，我必须给您讲下面一个故事。还是在 1827 年，我和一个朋友想到意大利去旅行。我们用铅笔在地图上画着旅行的路线。我们到了威尼斯——自然，是在地图上——在那里我们遇到几个英国人和德国人，他们让我们感到厌烦，于是我建议到的里雅斯特去，再从那里到拉古萨。建议得到采纳，但当时我们几乎囊空如洗，于是一如拉伯雷[②]所说的“无比的悲哀”迫使我们半途而废。当时我建议先把我们的旅行描绘出来，把文稿卖给书商，把卖得的钱用来检验我们的设想是否有很多错误。我负责收集和翻译民歌，朋友对我表示怀疑，但第二天我就把五六篇译文交给我的旅伴。我在乡下度过秋天。我们到中午才吃

① 此信原文为法文，译文据俄译文译出。
② 拉伯雷（约 1494—1553），文艺复兴时期法国作家、人文主义者。著有长篇小说《巨人传》等。

早餐，可我在10点钟就起身。吸过一两支雪茄后，我不知道在女眷们到客厅来之前做什么好，便利用这段时间创作短篇叙事诗。我把写好的诗编成一本小册子，在严格保密的情况下交付出版，并且蒙骗过两三个人。下面就是我的资料来源，我从中汲取了受到如此盛赞的“地方色彩”：第一，班亚-卢卡一位法国领事所写的一本小册子。书名我已忘记，但不难说明大致内容。作者竭力证明波斯尼亚人都是不折不扣的猪猡，并举出许多很有说服力的理由。他在某些地方使用了伊利里亚语以炫耀自己的学识（实际上他知道得也许不比我多）。我竭力收集这些词语，并加以注释。后来我读了福尔蒂斯著《达尔马提亚游记》中的《莫尔拉克人的风俗》一章。我在那里发现了哈桑-阿迦的妻子所唱的纯粹伊利里亚《哭嫁歌》的原文和译文，但这首歌被译成诗体。我花了好大力气，对照原文和福尔蒂斯神父译文中重复出现的词，才得以将它们逐行翻译出来。经过相当耐心细致的工作，我才逐字译出这首歌，但有些地方还是无法读懂。为此我特地去请教一位懂俄语的朋友，按照意大利语的读法把原文读给他听，他几乎完全听懂了。有意思的是，发现福尔蒂斯的游记和哈桑-阿迦的叙事短诗，并把神父的诗体译文转译成散文，使它更具有诗意的诺迪埃①，竟到处嚷嚷，说我剽窃了他的译作。请看伊利里亚文本的第一行：

Scto se bieli u *gorie* zelenoï②

① 诺迪埃（1780—1844），法国作家。
② 塞尔维亚文：是什么在绿色的山上发白。

福尔蒂斯译成：

Che mai biancheggia nel verde *Besco*①

诺迪埃则将 *bosco* 译成“绿色的平原”；他疏忽了，因为有人告诉我，*gorie* 的意思是“山”。这就是事情的经过。请向普希金先生转致我的歉意。我感到荣幸，同时也感到惭愧，因为连他也受骗了。

一

国王的梦[1]②

国王在宫殿里迈着大步，
心急慌忙地来回奔走，
人们都睡了，只国王睡不着：
土耳其苏丹围困着国王，
威胁着定要砍下他的头，
还要把它送到伊斯坦布尔。

他一次又一次走向窗口，
去听听外面有什么动静。
他听到有一只夜鸟在啼叫，
它感到灾难不可避免，

① 意大利文：是什么在绿色的树林里发白。
② 本歌集中的阿拉伯数字注码 1、2、3……系普希金原注，集中排在篇末。

它得去寻找一处新居，
让苦命的雏鸟得以安身。

　不是猫头鹰在克柳奇城号叫，
不是月亮把克柳奇城照耀，
是上帝的教堂在敲着战鼓，
教堂被烛光照得通亮。

但谁也没有听见鼓声，
谁也没有看见教堂的烛光，
只有国王听见和看见；
他独自走出自己的宫殿，
踽踽来到上帝的教堂。

　他站在教堂的门前，门开了……
一阵恐惧使他的心紧缩，
但他做了个虔诚的祷告，
平静地走进上帝的教堂。

　他看见一幅怪异的景象：
讲台上堆着许多死尸，
尸堆中鲜血流得像小河，
就像秋雨连绵时的水流。
他往前走，跨过一具具尸体，
鲜血没过他的脚脖子[2]……

糟了！教堂里尽是土耳其人和鞑靼人，
还有叛徒和鲍古米尔教徒[3]。
不信神的苏丹站在讲台上，
手里执着一把出鞘的马刀，
鲜血顺着马刀流下来，
从刀尖一直流到刀把。

国王突然打了个寒颤：
他猛地看见父亲和弟弟。
可怜的老人在右边对着苏丹
屈辱地跪下他的双膝，
战战兢兢地献上王冠；
左边是可恶的拉季沃伊，
先王的次子，也双膝跪下，
他头上包着穆斯林的缠头巾
(他的手里就拿着那根
勒死不幸老人的绳子)，
吻着苏丹长袍的衣裾，
活像个受着杖踵刑[4]的奴隶。

　于是不信神的苏丹冷笑一下，
接过王冠，用脚跺了跺，
然后对拉季沃伊宣布：
“我让你去治理波斯尼亚。
你去做异教的基督徒的省长。”[5]
叛教者向苏丹叩头谢恩，

三次吻了血淋淋的地板。

于是苏丹喊来了随从，
对他们说："给拉季沃伊一件长袍！[6]
不是天鹅绒，也不是锦缎做成，
而要从他的亲哥哥身上
剥下皮来给拉季沃伊做长袍。"
穆斯林们扑到国王身上，
把他的衣服剥得精光，
用土耳其弯刀切开他的皮，
用手撕，还用牙齿去咬，
剥得他血肉模糊，筋脉毕露，
剥得他露出一根根白骨，
然后把这人皮给拉季沃伊穿上。

受难者大声向主求告：
"上帝啊，你惩罚我十分公正！
就把我的肉体撕碎吧，
只求你饶恕我的灵魂，主耶稣！"

这名字使教堂颤动起来，
周围突然变得寂静而昏暗，
一切都消失了，就像不曾发生。

国王在黑暗中慢慢摸索着，
好容易才走到教堂门口，

于是他祈祷着走到街上。

万籁俱寂。高高的天空上
皎洁的月亮照耀着城市。
突然从城外飞来一颗炮弹，[7]
穆斯林军队开始进攻了。

二

扬科·马尔纳维奇

为什么扬科·马尔纳维奇别伊①
到处流浪，不待在家里？
为什么他不连续两个夜晚
在同一个屋顶下安眠？
是不是他的仇敌太强大？
是不是他害怕血腥的报仇？

扬科·马尔纳维奇别伊
既不怕仇敌，也不怕报仇，
但在基里尔去世以后，
他就像无家的盖杜克②到处游荡。

在救主的教堂里他们结成金兰，[8]

① 别伊，中近东各国小封建主和某些官员的尊称，意为“老爷”“先生”等。
② 古代巴尔干及匈牙利反抗土耳其统治的游击队员，有人译为“山盗”。

在上帝名下，他们是兄弟；
但是不幸的基里尔竟死在
他所选择的兄弟手下。

　饮宴进行得异常欢快，
喝了许多蜜酒和烈酒；
客人们醉醺醺，失去了理智，
两个有权势的别伊吵了起来。

　扬科拔出手枪开了火，
但他喝醉酒手在发抖。
他没有打中自己的对手，
却打中自己亲密的朋友。
从那时起他便忧郁地游荡，
像一头被蛇咬伤的犍牛。

　他终于返回自己的家园，
走进了神圣的救主教堂。
在那里他整天向上帝祈祷，
痛苦地哭泣，悲伤地号啕。
深夜他回到自己家里，
和家人一起吃了晚饭，
然后躺下，对妻子说道：
“妻子啊，请你瞧瞧窗外，
从这里能不能看到教堂？”
妻子坐起来，瞧着窗外，

她说："现在已经是半夜，
河那边是一片浓重的大雾，
迷雾底下什么也看不见。"
扬科·马尔纳维奇转过身，
接着轻轻地念起了祷文。

他祈祷了一阵，又对妻子说：
"瞧一瞧，在窗外能看见什么？"
于是妻子看了看，回答说：
"我看见，对岸幽暗的夜色里
有一点火星在微微闪烁。"
扬科·马尔纳维奇微微一笑，
他又轻轻地做起祷告。

他祈祷了一阵，又对妻子说：
"妻子啊，请你打开窗门：
瞧一瞧，那里还能看见什么？"
于是妻子看了看，回答说：
"我看见河上有一片光亮，
它正向我们家移动过来。"
别伊叹了一口气，从床上滚下，
死亡立刻来到他的身上。

三

大泽尼察河之战[9]

拉季沃伊举起黄色大旗：

他要去同穆斯林作战。
达尔马提亚人羡慕我们的军队，
他们捻着长长的唇髭，
把帽子歪戴在头上的一边，
说道：“带我们一起去战斗，[10]
我们也要和穆斯林作战。”
拉季沃伊友好地接待了他们，
对他们说：“我们热烈欢迎！”
我们一举渡过了界河，
焚烧土耳其人的村庄，
把犹太人一个个吊死在树上。[11]
省长带领波斯尼亚士兵
从班亚-卢卡来抵抗我们；[12]
他们的战马刚刚嘶鸣起来，
在阳光底下，大泽尼察河边，
他们的弯刀刚刚闪亮，
叛变的达尔马提亚人便落荒而逃；
当时我们围住拉季沃伊，
对他说：“上帝会保佑我们，
等我们将来回到家中，
将把这次战事告诉我们的子孙。”
当时我们苦战了一场，
每个人都抵得上三个士兵；
我们的马刀从刀尖到刀把
一把把都沾满敌人的鲜血。
但是当我们以密集的小队

相继渡过小河的时候，
谢利赫塔尔[13]带领骑兵
生力军从侧翼向我们攻击。
于是拉季沃伊对我们说：
“弟兄们，穆斯林狗东西太多，
我们没法子对付他们，
没有受伤的人赶快跑进
树林，躲开谢利赫塔尔。”
我们一共只剩下二十个人，
都是拉季沃伊的至亲好友，
可我们一下子倒下十九个。
格奥尔基便向拉季沃伊呼唤：
“拉季沃伊，你快快骑上
我这匹乌骓快马逃走；
骑着它快快泅过小河，
战马会解救你免遭灭亡。”
拉季沃伊不听格奥尔基的话，
他盘起双腿坐在地上，
这时敌人向他猛扑过来，
砍下拉季沃伊的首级。

四
费奥多尔和叶莲娜

…………
…………

斯塔马提已年老体衰，
叶莲娜却那么年轻伶俐；
她只消把他轻轻一推，
他就得哇哇叫瘸着腿走开。
你这是活该，无耻的老东西！
这婆娘，真有你的！干得真棒！

　于是斯塔马提暗地盘算，
怎样败坏叶莲娜的名誉。
他去找一个犹太恶棍，
让他给出个狠毒的主意。
犹太人对他说："你到墓地去，
在乱石下面捉一只蛤蟆，
用瓦罐装着送到我这里。"

　斯塔马提跑到墓地去，
在乱石下面捉到一只蛤蟆，[14]
用瓦罐装着送到犹太人那里。
犹太人给蛤蟆身上浇了水，
给蛤蟆起个名字叫伊凡。
(多大的罪过，用基督的教名
给这种丑恶的东西起名字！)
他们把蛤蟆浑身刺破，
就用它自己的血给它喂个够；
喂够了以后，就让这蛤蟆
去舐一只成熟的李子。

斯塔马提叫来一个孩子，
对他说："把李子给叶莲娜送去，
说是我侄女送给她的礼物。"
小孩把李子送给了叶莲娜，
叶莲娜立刻就把它吃掉了。

刚刚吃下这只有毒的李子，
可怜的少妇立即就感到
肚子里有条蛇在蠢蠢爬动。
年轻的叶莲娜大惊失色，
她赶快叫来自己的妹妹，
妹妹给她灌足了牛奶，
可毒蛇仍在肚皮里爬动。

俏俊的叶莲娜肚子大起来，
人们都说：叶莲娜怀孕了。
丈夫要是从海外回来，
他会怎么对待叶莲娜！
叶莲娜羞愧难当，哭个不停，
简直不敢在街上露面，
白天坐在家里，夜晚难以入眠，
对妹妹一句话总说个不停：
"对亲爱的丈夫我可说什么好？"

一年过去了，费奥多尔
终于返回了自己的家园。

整个村庄都跑去欢迎他，
大家都对他亲切地祝贺；
但人群中他没见到叶莲娜，
他用眼睛到处寻找她。
“叶莲娜在哪儿？”他终于问道。
有人心发慌，有人在冷笑，
但谁也没有回答他一句话。

他回到家里，终于看见
他的叶莲娜就坐在床上。
“站起来，叶莲娜。”费奥多尔说。
她站起来，他严厉地看了她一眼。
“我的夫君，我以上帝的名义，
以至贞的马利亚的名义起誓，
我没有做过对不起你的事，
是坏人施魔法使我中了邪。”

但费奥多尔不相信妻子的话，
他齐肩砍掉了妻子的脑袋。
杀了妻子以后，他对自己说：
“我不杀害无辜的孩子，
我要把他活活取出来，
在自己身边把他抚养大。
我要看看他长得像谁，
这样就可以断定他的生父，
那时我再去杀掉那坏蛋。”

他用刀剖开死人的身体。
怎么回事！在怀着孩子的地方，
他看到了一只黑黑的蛤蟆。
费奥多尔痛哭起来："多倒霉啊，
我这凶手！竟白白杀了叶莲娜：
她没有做过对不起我的事，
是坏人施魔法使她中了邪。"

他轻轻捧起叶莲娜的头，
情意绵绵地频频吻着她，
死人的嘴唇慢慢地张开，
叶莲娜的头说起话来：

"我没有对不起你。是犹太人和
斯塔马提让我误吃了黑蛤蟆。"
说完她的嘴唇又闭拢来，
她的舌头也停止了活动。

于是费奥多尔杀了斯塔马提，
像打死一条狗打死了犹太人，
还为妻子做了安魂祭。

五

弗拉克人①在威尼斯[15]

帕拉斯科维娅离我而去，

① 居住在巴尔干半岛北部的古代罗马化居民的后裔，又称阿罗蒙人。

我一伤心便把家产挥霍一空，
有个狡猾的达尔马提亚人来找我：
“德米特里，到水城威尼斯去吧，
那里金币多得像我们这儿的石子。

“那里的士兵都穿丝绸的外衣，
整天没事，只知道吃喝玩乐：
你到那里马上就会大发洋财，
穿着锦绣的衣裳荣归故里，
腰间还佩着用银链子系着的短剑。

“那时候就只管弹你的古斯里琴吧，
美人儿一个个都会跑到窗口，
往你身上投掷她们的礼物。
嘿，听我说吧，快到海外去，
等你发了财，就回来安享清福。”

我听了那狡猾的达尔马提亚人的话。
乘上那大理石雕成的小船，
在船上可真苦恼，面包硬得像石头，
我不自由，就像条给拴住的狗。

我一开口，说起本乡的土话，
那些女人就对着我哈哈耻笑；
我们的人都忘了自己的家乡话，
忘了我们家乡的风俗习惯；

我蔫了，像一棵移栽的小树。

我们家乡不管遇到谁都会说一声：
“你好啊，德米特里·阿列克谢伊奇！”
可这里从没听到过友好的问候，
你就别想听到一句亲切的话语；
在这里，我就像一只可怜的小蚂蚁，
给风暴刮到波浪滔天的湖泊里。

六

盖杜克赫里济奇

在一个洞穴里，在尖利的山石上
藏着勇敢的盖杜克[16]赫里济奇。
和他在一起的有妻子卡捷琳娜，
和他在一起的还有两个可爱的儿子，
他们无法从洞穴里跑出去，
凶恶的敌人在外面看守着他们。
因为只要他们稍稍抬起头，
立刻就有四十条枪瞄准他们。
他们断了粮，三天三夜没有吃，
只喝了点石头坑洼里积蓄的雨水，
他们只用这点雨水来充饥。
到了第四天，天空升起了红太阳，
石头坑洼里的积水也干枯了。
这时候，卡捷琳娜叹了口气说：

“上帝啊，饶恕我们的灵魂吧！”
说完她就倒在地上死去了。
赫里济奇瞧着她没有哭泣，
两个儿子当着爹的面不敢哭出声，
只是在赫里济奇转过身的时候，
他们才悄悄地擦擦眼睛。
到了第五天，大儿子饿得发了昏，
只管直勾勾盯住死去的母亲，
就像一条狼盯住睡着的山羊。
他弟弟看见这情景暗暗地吃惊。
他急忙高声喊叫着自己的兄长：
“亲爱的哥哥！别毁掉你的灵魂，
你来喝我身上的热血吧，
让我们大家都活活地饿死，
那时候，我们就可以走出坟墓，
去吮吸那些睡着的敌人的鲜血。”[17]
这时赫里济奇站起来说道：“够了！
与其饥渴而死，不如饮弹身亡。”
于是父子三人像一群疯狂的饿狼，
冲出山岩，直奔山下的平原。
每一个人都杀死七个敌人，
每一个人都中了七颗子弹。
敌人砍下了他们的脑袋，
用长矛挑起了三颗首级——
可他们还是不敢正眼看着它们。
他们是这样害怕赫里济奇父子三人。

七

出丧歌

雅金夫·马格拉诺维奇[18]

上帝保佑你走上遥远的路!
你会找到路，荣耀归于主。
夜色多清朗，明月高高悬，
酒盅里的酒浆已经饮干。

宁可中弹身亡，不患热病而死，
你自由地死，如自由地生。
你的仇敌已仓皇逃窜，
但你的儿子要了他的命。
假如你们在阴间相会，
请你在那边记住我们，
亲爱的哥哥，可别忘记
替我问候亲爱的父亲!

请你告诉他，我的伤口
已经长好，我身体健康，
我那婆娘生了个儿子，
我给他取名就叫做扬。

取名叫扬是为了纪念祖父，
这孩子生来聪明机灵，
他已经会使用土耳其弯刀，

拿起枪来也会射击瞄准。
我的女儿住在利兹戈拉，
和丈夫在一起她不烦恼。
特瓦尔克早就去到海上，
是死是活你自己会知道。

上帝保佑你走上遥远的路！
你会找到路，荣耀归于主。
夜色多清朗，明月高高悬，
酒盅里的酒浆已经饮干。

八

马尔科·雅库鲍维奇

马尔科·雅库鲍维奇坐在大门口，
跟前坐着他的妻子卓娅，
他们的儿子就在门槛旁玩耍。
一个陌生人从路上向他们走来，
他脸色苍白，勉强拖着两条腿，
他求主人看在上帝分上给碗水喝。
卓娅站起来回身到屋里去取水，
她拿来一勺清水递给过路人，
过路人一仰脖子就把水喝完。
喝完水他转身对马尔科问道：
“那边山下是个什么地方？”
马尔科·雅库鲍维奇回答：

“那是我家世代相传的墓地。”
于是那陌生的过路人说道：
“我要在你家的墓地上安息，
因为我已经不久于人世。”
说着，他解开宽宽的腰带，
让马尔科看他流血的伤口。
他说：“已经三天，我胸口下面
带着一颗穆斯林的子弹。
等我死后，请将我的尸身
埋在山后一棵苍翠的柳树下。
把我的马刀放在我身边，
因为我是一名出色的军人。”

　卓娅扶着那陌生的过路人，
马尔科察看着他的伤口。
年轻的卓娅突然间说道：
“马尔科，快来帮帮我，我已没力气
再扶住我们这陌生的客人。”
这时马尔科·雅库鲍维奇看见
过路人已经死在她手上。

　马尔科骑上他的乌骓马，
把那过路人的尸体带在身边，
带着它直奔山下的墓地。
在那里他挖了个深深的墓穴，
嘴里念着祷文把死人埋葬。

一个礼拜又一个礼拜过去了，
马尔科的儿子渐渐地消瘦下去；
他不再蹦跳，也不再游戏，
只躺在蒲席上哼哼地呻吟。
一个修道士来到雅库鲍维奇家里，
他看了看孩子，对马尔科说道：
“你儿子患了一种危险的疾病，
你看看他那苍白的脖子：
可看见脖子上那出血的伤痕？
请相信我，这是吸血鬼[19]的齿痕。”

全村的人毫不迟疑，立即
跟着年老的修道士奔往墓地，
他们掘开那个过路人的坟墓，
看到那尸体又红润又鲜嫩，
长出的指甲有如乌鸦的爪子，
脸上长满了长长的胡须，
嘴唇上沾满殷红的鲜血——
深深的墓穴里灌满了血浆。
可怜的马尔科挥起木桩，
可那死人尖叫一声飞也似的
从坟墓里奔往邻近的树林。
他跑得飞快，赛过那些
被尖利的马镫刺过的马匹；
小树丛纷纷被他踩倒，
粗树枝被他踩得噼啪作响，

像冰冻的细树枝一样折断。

修道士用坟墓里的泥土[20]
把患病的孩子全身擦了一遍，
整整一天都在为他祈祷。
在火红的太阳快要落山的时候，
卓娅对着丈夫轻轻地说道：
“还记得吗？整整两个礼拜以前，
那恶毒的过路人就在这时候死掉。”

突然间狗儿狂吠了起来，
房门自动打开了，走进了
一个巨人，他弯了弯身子，
坐下来，把腿盘在自己身下，
他的头碰到了天花板上。
他直瞪瞪地望着马尔科，
马尔科被他可怕的目光吓呆了。
但是老修道士打开了祈祷书，
还点燃了一枝柏树枝，
把柏树枝的烟向巨人吹去。
可恶的吸血鬼浑身战栗起来，
拔腿就往门外狂奔而去，
好像一头被猎人追捕的狼。

过了一天一夜，也是这个时候，
狗又吠叫起来，门打开了，

走进了一个大家不认识的人。
他的个子就像恺撒时代的士兵。
他默默坐下，眼睛盯住马尔科，
但老修道士又用祈祷把他赶走。

第三天，来了一个小矮人，
小得可以骑在老鼠的背上，
但两只凶恶的小眼睛闪着光。
老修道士第三次把他赶走了，
从此他再也没来作怪。

九
波拿巴特[①]和黑山人

“黑山人？什么黑山人？”
波拿巴特疑惑地反问。
“这可是个凶狠的民族，
竟不怕我们的大军？

“要叫那些无赖后悔：
去向他们的头目喊话，
叫他们把枪支和刀剑
统统放到我的脚下。”

---

① 即拿破仑。

于是他派来了步兵，
百门大炮和臼炮，
一连近卫军和骑兵——
头盔上插着羽毛。

我们可不愿意投降，
黑山人生来就是这样！
我们有石头和壕沟，
足以对付来犯的兵将……

我们埋伏在洞穴里，
等待着这些不速之客——
瞧，他们窜进了山里，
烧杀掳掠，无恶不作。

…………
…………

他们在山崖下密集行军。
突然队伍大乱！……一看：
一排红色的帽子
在他们的头顶上出现。

“站住！射击！每一个兵士
都要撂倒一个黑山人。
这里的敌人不会求饶：

可不要放走一个敌兵！”

火枪齐放——红色的军帽
一顶顶从竹竿上掉下去：
我们都躲在树丛中
在帽子下面卧倒隐蔽。

我们用整齐的排枪
回敬法国人。“怎么回事？”
法国人莫名其妙，问道，
“是回声吗？”不，不是！

他们的上校倒下了。
还有一百二十人跟着他归天。
整个队伍一片惊慌，
一个个都抱头鼠窜。

从此法国人就仇恨
我们这片自由的国土，
每当他们看见我们的帽子，
就脸红耳赤，丑态百出。

一〇
夜莺

我的夜莺，可爱的夜莺，
你这林中的小鸟！

你这小小的鸟儿
有三支唱不厌的歌曲，
我这年轻的小伙子
有三件重大的心事！
我的第一件心事——
小伙子已早早地完婚；
我的第二件心事——
我的乌骓马已跑不动；
我的第三件心事啊——
有些蛮不讲理的人
硬把我和俏姑娘拆散。
请你们在广阔的田野上
给我挖一个墓穴，
在我的头顶上方
种植嫣红的鲜花，
在我的双脚下面
引来清澈的泉水。
让过路的美丽少女
采几朵红花编花冠，
让走过这里的老年人
捧一口泉水解解渴。

一一

罪人格奥尔基之歌

不是两头狼在山谷里厮斗，

是父子两人在山洞里争吵。
年老的彼得罗责骂着儿子：
“你这个反贼，该死的暴徒！
你就不怕我们的主上帝，
你怎能同苏丹皇帝争高下，
你怎打得过贝尔格莱德巴夏！
你可是长着两颗脑袋？
你自己送命去吧，可恶的东西，
可干吗叫整个塞尔维亚遭殃？”
格奥尔基阴沉着脸回答：
“你要是再嚷嚷这些昏话，
老头子，看样子你是老糊涂了。”
年老的彼得罗更加生气，
他骂得更凶，暴跳如雷。
他想亲自到贝尔格莱德去，
向土耳其人告发忤逆的儿子，
报告塞尔维亚人隐藏的地方。
他走出昏黑阴暗的山洞，
格奥尔基连忙去追老头子：
“父亲，回去吧，你就回去吧！
宽恕我那些随便说说的话。”
年老的彼得罗不理他，威胁说：
“你这个强盗，等着瞧吧！”
儿子又跑到他的前头，
对着老头子一躬到地。
年老的彼得罗对儿子不屑一看。

格奥尔基又追了上去，
紧紧抓住他灰白的辫子。
“看在上帝的分上，回去吧：
你可别叫我做出糊涂事！”
老头子愤怒地把他推开，
往贝尔格莱德大路上走去。
格奥尔基忍不住痛哭流涕，
他从腰带里掏出手枪，
扳起扳机，砰地开了枪。
彼得罗摇晃了一下，大喊：
“格奥尔基，我受伤了，扶我一把！”
接着咽了气倒在大路上。
儿子快步跑回了山洞，
母亲迎着他走了出来。
“格奥尔基，彼得罗哪儿去啦？”
格奥尔基神情严肃地回答：
“老头子吃饭的时候喝醉了，
这会儿正睡在贝尔格莱德大路上。”[21]
母亲猜到出了什么事，
哭叫起来：“要是你杀死了亲爹，
上帝会诅咒你，你这个罪人！”
从此格奥尔基·彼得罗维奇
便得到一个“罪人”的外号。

一二

米洛什将军

上帝啊，你可怜可怜塞尔维亚吧！
土耳其大兵像豺狼在蹂躏我们！
他们无缘无故砍我们的头颅，
任意欺侮凌辱我们的妻子，
把我们的子弟抓进了监牢，
逼迫我们美丽娇艳的女郎
去唱下流的歌曲，去跳
穆斯林的舞蹈供他们耻笑。
老人们也同意我们的想法：
他们不再叫我们忍气吞声——
他们对暴行已不能忍受。
古斯里琴手当面责问我们：
你们纵容土耳其大兵还要多久？
你们要忍受他们的耳光到几时？
难道你们不是塞族人是茨冈人？
难道你们不是男子汉是老太太？
你们该离开粉刷得白白的家，
奔赴维利山脉的峡谷——
那里正酝酿着反土耳其的风暴，
老塞尔维亚人米洛什将军
已经在那里招兵买马。

一三

吸血鬼

可怜的凡尼亚是个胆小鬼：
有一次天色已经很晚，
他独自回家，走过墓地，
吓得脸色发白浑身冒汗。

可怜的凡尼亚喘不过气来，
他跌跌撞撞，勉强走动，
在坟墓间穿行，突然听见
有人在啃骨头，发出呼哧声。

凡尼亚站住，一步也走不动。
天哪！这个可怜人心里想，
这肯定是红牙齿的吸血鬼
啃着骨头时发出的声响。

这可糟了！我人小体弱，
如果我不能一边祈祷，
一边吃下坟墓的泥巴，
吸血鬼准会把我吃掉。

怎么？原来不是吸血鬼，
(您可以想象凡尼亚的气恼！)
是一条狗黑暗中在他面前
啃着坟墓上的一块骨头。

一四

兄　妹[22]

两棵橡树并排地生长，
中间有一棵尖顶的小枞树。
这不是两棵树并排地生长，
是两个亲兄弟在一起过活：
一个叫帕维尔，一个叫腊杜拉，
他们中间有个妹妹叫叶丽莎。
兄弟俩一心疼爱着妹妹，
对她照顾得无微不至。
后来送给她一把镀金的刀，
还套着银子做成的刀鞘。
帕维尔年轻的婆娘很伤心，
她开始忌妒她的小姑。
她对腊杜拉的爱人说道：
“好弟妇，上帝名下的妹妹：
你知不知道有一种草药，
能使兄弟俩厌恶妹妹？”
腊杜拉的爱人回答嫂嫂：
“上帝名下的姐姐，我的嫂嫂，
我不知道有这么一种草药，
即使知道，我也不告诉你。
这两个兄弟对我都很好，
对我照顾得无微不至。”
帕维尔的婆娘跑到饮马场，

杀掉了一匹黑色的骏马，
回家对自己的丈夫说道：
“你爱妹妹真是罪有应得，
你给她的礼物反叫你遭殃：
她竟杀掉了那匹黑马。”
帕维尔就去责问叶丽莎：
“告诉我，你为什么这样做？”
妹妹哭泣着回答哥哥：
“好哥哥，不是我干的，我发誓，
我以你的和我的生命发誓！”
哥哥立即相信了妹妹。
帕维尔的婆娘又跑到花园，
刺死了一头瓦灰色的雄鹰，
回家对自己的丈夫说道：
“你爱妹妹真是罪有应得，
你给她的礼物反叫你遭殃：
她把那头雄鹰刺死了。”
帕维尔就去责问叶丽莎：
“告诉我，你为什么这样做？”
妹妹哭泣着回答哥哥：
“好哥哥，不是我干的，我发誓，
我以你的和我的生命发誓！”
哥哥又立即相信了妹妹。
这一天入夜，帕维尔的婆娘
偷走了小姑的那一把金刀，
就在儿子镀金的摇篮里

刺死了自己亲生的婴儿。
第二天一早，她跑去找丈夫，
大声哭叫，抓破自己的脸。
“你爱妹妹真是罪有应得，
你给她的礼物反叫你遭殃：
她把我们的孩子刺死了。
你要是还不相信我的话，
你就去看看她那把金刀。”
帕维尔一听到这话，跳起来，
急急奔向叶丽莎的闺房：
羽毛褥子上睡着叶丽莎，
床头上挂着那把金刀。
帕维尔把金刀抽出刀鞘——
金刀上真的是鲜血淋淋。
他抓住妹妹白皙的手臂：
“好啊，妹妹，愿上帝处死你！
你杀掉了我那黑色的骏马，
又在花园里刺死了雄鹰，
你为什么又杀害我的孩子？”
妹妹哭泣着回答哥哥：
“好哥哥，不是我干的，我发誓，
我以你的和我的生命发誓！
你要是不相信我的誓言，
你就把我带到空旷的田野，
把我绑在四匹马的尾巴上，
让四匹马拉住我洁白的身体，

把我分尸，撕裂成四块。”
这一回哥哥不再相信妹妹；
他把她带到空旷的田野，
把她绑在四匹马的尾巴上，
赶着快马在田野上飞奔。
在她鲜血滴落的土地上，
长出了一簇簇鲜红的花朵；
在她白净的身体掉落的地方，
矗立起一座上帝的教堂。
就在这事发生后不久，
帕维尔年轻的婆娘生病了。
帕维尔的婆娘病了九年，
她的骨头里长出了青草，
青草里盘踞着一条毒蛇，
它吸着她的眼睛，晚上才爬走。
帕维尔年轻的婆娘吃足苦头，
她对自己的丈夫说道：
“帕维尔，我的丈夫，请听我说，
带我到小姑的教堂里去，
在那教堂里也许能治好病。”
他带她到妹妹那座教堂去，
在他们快要走到的时候，
忽然听到教堂里发出声音：
“别进来，帕维尔的年轻婆娘，
这里不能给你治好病。”
帕维尔的年轻婆娘一听，

就对自己的丈夫说道：
“我的丈夫，我以上帝的名义求你，
别把我带到白色的房子里，
把我绑在四匹马的尾巴上，
赶着快马在田野上飞奔。”
帕维尔听了婆娘的话，
把她绑在四匹马的尾巴上，
赶着快马在田野上飞奔。
在她的鲜血滴落的土地上，
长出了一簇簇荆棘和荨麻；
在她白净的身体掉落的地方，
出现了一汪污浊的湖水。
一匹黑马从湖上游过来，
马后边拖着个镀金的摇篮，
摇篮上栖着一头雄鹰，
一个婴儿躺在摇篮里，
母亲的手掐住他的喉咙，
手里握的是姑姑的金刀。

一五
雅内什王子[23]

雅内什王子爱上了
年轻的美人叶丽莎，
他爱她两个夏天，
第三个夏天他想娶

捷克的公主柳布萨。
他去和情人告别，
带给她一袋金币、
一对叮当响的金耳环
和三圈的珍珠项链；
他亲自给她戴上金耳环，
把项链挂在她颈上，
把金币交到她手里，
默默地亲吻了双颊，
便径自走他自己的路。
剩下叶丽莎一个人，
她把钱扔在地上，
从耳朵上摘下耳环，
把项链扯成两半，
便纵身投进摩拉瓦河。
年轻的叶丽莎在河里
成了水中的女皇，
她生下一个小女儿，
给她起名叫水娃。

　转眼过去三年多，
王子出门去打猎，
他来到摩拉瓦河边，
他想让自己的乌骓马
饮足冰凉的河水。
马儿刚把冒泡的嘴

伸进冰凉的河水，
水里突然伸出一只小手
抓住马儿的金笼头！
马儿吃惊地缩回头，
笼头上竟吊着水娃，
像钓竿上吊着一条鱼。
马儿在草原上打转，
甩动镶金的笼头，
但怎么也甩不掉水娃。
王子用他强壮的手
紧紧勒住乌骓马，
才勉强在马鞍上坐稳。
水娃跳到草地上。
雅内什王子对她说：
“告诉我，你是什么生灵，
是女人生下了你，
还是水妖把你生下？”
于是水娃回答他：
“年轻的叶丽莎生下我，
我父亲是雅内什王子，
我的名字叫水娃。”
王子一听到回答，
立即跳下乌骓马，
拥抱了女儿水娃，
他流下眼泪说道：
“你母亲叶丽莎在哪儿？

听说她已经投了河。”
水娃便回答他说：
“我母亲是水中的女皇，
管辖着所有的江河，
所有的江河和湖泊；
只不管蓝色的大海，
大海由鱼怪管辖。”
王子对水娃说道：
“你到水中女皇那里去，
告诉她：雅内什王子
向她致以诚挚的问候，
请求和她见见面，
在摩拉瓦葱绿的河岸。
明天我来听回音。”
说罢他们分了手。

第二天，朝霞刚泛红，
王子就来到河边；
突然从河里齐胸
升起了水中的女皇，
她说：“雅内什王子，
你要求和我见面，
说吧，你还需要什么？”
王子一看见叶丽莎，
心中又燃起了爱情，
便招呼她登上河岸。

“我的爱人，年轻的叶丽莎，
登上葱绿的河岸，
像从前甜蜜地吻我，
我像从前一样热爱你。”
叶丽莎没听王子的话，
只摇摇头对他说道：
“我不上来，雅内什王子，
我不登上葱绿的河岸。
亲吻不会比从前甜蜜，
爱也不会比从前热烈。
你最好还是告诉我，
你和年轻的新妻子
是不是过得很幸福？”
雅内什王子回答说：
“月亮没有太阳温暖，
妻子没有情人可亲。”

一六
马

“我的骏马啊，你为何嘶鸣，
你为何低低地垂下马颈，
不抖动你的长长的马鬃，
也不把你的马衔咬紧？
是不是我没有把你照料好？
是不是燕麦没有把你喂饱？

是不是挽具不够漂亮?
是不是缰绳没有用丝线织造,
马掌不是用银子打就,
马镫没有镀金你嫌粗糙?”

悲伤的马儿回答主人:
“因为烦恼我打不起精神,
我已听见远处马蹄嘚嘚,
喇叭呜咽,利箭嗖嗖地飞行;
我不断嘶鸣,因为我已不能
长久地在田野上自由漫步,
不能炫耀锃亮的挽具,
不能悉心打扮,备受照顾;
因为残酷的敌人不久
就要夺去我的全套挽具,
要从我轻盈矫健的脚上
把银子打成的马掌剥去;
我的心在一阵阵揪紧抽痛,
因为敌人将拿走鞍鞴,
而从你身上剥下皮来
做我汗水淋漓的背上的褥垫。”

注 释

1 福马一世于1460年被他的两个儿子斯特凡和拉季沃伊秘密杀害。斯特凡继承王位。拉季沃伊不满其兄窃取政权,将可怕的秘密公之于世,遂投奔土耳其穆罕默德二世。斯特凡在教皇使节的怂恿下决定同土耳其人开战。他被打败，逃往泉城，穆罕默德又将他包围。被俘后因不肯接受穆罕默德的信仰，被剥皮。

2　即 щиколотка，莫斯科话作 щиколка。

3　某些伊利里亚分裂派教徒的自称。

4　用棍棒击打脚踵的刑罚。

5　拉季沃伊从未任过这种高职；王族的所有成员均被苏丹处死。

6　苏丹的一般赏赐。

7　时代错误。

8　塞尔维亚人和其他西斯拉夫民族用宗教仪式把动人的结拜风俗神圣化。

9　这支歌所根据的事件不详。

10　战斗失利归咎于弗拉克人所仇视的达尔马提亚人。

11　在土耳其人统治的地区，犹太人永远是迫害与仇恨的对象。在战争期间，他们受到穆斯林和基督徒的迫害。瓦·司各特指出，他们的命运恰似飞鱼的命运。——梅里美

12　前波斯尼亚巴夏驻地。

13　执剑官。

14　所有的民族都认为蛤蟆是有毒的。

15　密茨凯维奇翻译并美化了这支歌。

16　首领，长官。盖杜克没有安身之地，过着强盗般的生活。

17　西斯拉夫人都相信世上有吸血鬼（vampire）。见《马尔科·雅库鲍维奇》一歌。

18　梅里美在《居士拉》前附了一篇有关老古斯里琴手雅金夫·马格拉诺维奇的介绍；是否实有其人，不详。但其传记作者的文章有着一种不同寻常的魅力，即新鲜而合乎情理。梅里美的书不容易看到，我想，读者在这里看到对一个斯拉夫诗人生活的描绘是会感到高兴的。

雅金夫·马格拉诺维奇简介①

雅金夫·马格拉诺维奇是我唯一认识的一位古斯里琴手，他同时也是一位诗人。大多数古斯里琴手只是反复弹唱一些旧谣曲，或者最多从一首短篇叙事

① 简介原文为法文，译文根据俄译文译出。

诗中借用二十来行诗，又从另一首短篇叙事诗中借用同样数目的诗行，然后用自己编的一些拙劣诗句将它们联系起来，编成几首仿作。

我们这位诗人生于兹沃尼格勒，正如他自己在短篇叙事诗《维利科的野蔷薇》中所说的。他是个鞋匠的儿子，看来他的双亲不甚关心他的教育，因为他既不会读也不会写。8岁时他被钦热涅格人

或茨冈人拐走。这些人把他带到波斯尼亚，用自己一套办法教育他，轻易地让他信奉大多数人信奉的伊斯兰教。①有一个利夫诺的阿伊安，或叫镇长，从茨冈人手里把他夺走，让他在手下当差，他就在那里度过了八年时光。

他15岁的时候，一个天主教的修道士冒着被钉死在木桩上的危险，让他改信基督教，因为土耳其人绝不鼓励传教活动。年轻的雅金夫并未经过长时间的犹豫便决定离开他的主人，这主人同大多数波斯尼亚人一样，极其严厉。雅金夫离开他家时便考虑如何报复主人对他的虐待。一天夜里，下着倾盆大雨，他离开了利夫诺，随身带走了主人的皮袄和马刀，以及他偷到的几个威尼斯金币。给他施洗的修道士和他一起逃跑，这次出逃大概是雅金夫提出的。

在达尔马提亚，从利夫诺到西尼不超过12里②。出逃者很快到达那里，并受到威尼斯政府的庇护，逃脱了阿伊安追捕的危险。马格拉诺维奇在这里创作了第一支歌。他在短篇叙事诗里歌唱自己的出逃，这首诗引起了某些人的注意，从此他便出了名。③

但他难以维持生计，按照他的天性，他并不很喜欢劳动。由于摩尔拉提亚人的好客，他靠村民的周济度过了一些时日，作为报答，他给他们弹唱一些背熟的旧谣曲。不久，他为应付村民的红白喜事，便自己编一些新歌。于是他成了不可缺少的人物，如果马格拉诺维奇不携带古斯里琴前来弹唱，那么红白喜事便不成其为红白喜事。

他在西尼城郊住下，很少为自己的亲人操心，他至今不知道亲人的命运，因为自从他被拐走之日起，他一次也没有去过兹沃尼格勒。

25岁时他成了一个英俊的小伙子，他强壮、灵巧，是个出色的猎手，此外还是个著名的诗人和音乐家；所有的人都尊敬他，尤其是姑娘们。他特别敬重的一个姑娘名叫玛丽亚，是一个叫兹拉利诺维奇的摩尔拉提亚富翁的女儿。他轻而易举地获得她的爱情，于是按当地风俗抢走了她。他有一个情敌叫乌里扬，是当

---

① 这些详情是马格拉诺维奇于1817年亲口对我说的。——原注

② 此处指法国古里，每里约合4公里。

③ 我找过这首诗，但一无所得。马格拉诺维奇已忘记，也许他羞于为我弹唱这首处女作。——原注

地的一个领主之类的人物，他已预先了解到抢亲之事。按照伊利里亚人的风俗，遭到拒绝的情人很容易自我宽慰，并不再仇视自己的情敌，但这个乌里扬决心忌妒下去，并阻止马格拉诺维奇获得幸福。在抢亲之夜，他带了两个仆人来到现场。在玛丽亚骑上马正要随爱人离去的时候，乌里扬以威胁的口吻叫他们停下。按照风俗，情敌们都带着武器。马格拉诺维奇首先开枪，击毙了乌里扬领主。如果他一家都在这里，那么家庭就可以支持他，他就不必为这样的小事出走。但他是个单身汉，死者全家都在准备向他报仇。他立即决定携带妻子隐入深山，去投奔盖杜克。

他同盖杜克在一起过了很久，甚至在和潘杜里①搏斗时脸上还受了伤。最后他挣了一些钱——我认为，来路恐怕不很正当，他离开了深山，买了牲畜，带着家小定居在卡塔罗。他家在斯莫科维奇附近，在一条流入弗拉纳湖的小河或溪流的岸边。妻儿忙着养牛和经营牧场。他常年在外转悠，经常去看望那些盖杜克老朋友，但已不参加他们那些危险的营生。

1816 年我在扎拉第一次遇见他。当时我已经能够讲一口流利的伊利里亚语，很想听听随便哪个诗人朗诵诗。我的朋友，可敬的尼古拉将军在他生活的贝尔格莱德遇见了他闻名已久的雅金夫·马格拉诺维奇，知道他要到扎拉来，便托他带一封信给我。他在信里告诉我，如果我想听这位古斯里琴手弹唱，首先就必须把他灌醉，因为只有在他几乎酩酊大醉时才有灵感。

当时雅金夫已年近 60。他身材高大，在他那个年龄还算得上强壮，肩膀很宽，脖子非常粗。他的脸色黑得出奇，眼睛细小，眼角微翘，生着一个鹰钩鼻，由于嗜酒而通红，他的唇髭很长，已经全白，眉毛却又浓又黑，这一切加起来便构成他一副哪怕见过一面也不会使人忘记的形象。此外，他脸上还有一道从眉毛到面颊的长长的刀疤，很难想象，他受了这样的伤，竟未伤及眼睛。他按照一般习俗剃光了头，戴一顶黑羔皮帽；衣服很旧，却很整洁。

他走进我的房间，递给我将军的信，毫不客气地坐下。我看完信时，他用一种相当轻蔑的怀疑口气说："这么说，您会说伊利里亚语。"我立即用伊利里亚语回答，我完全能听懂伊利里亚语，因此欣赏人们向我竭力夸奖的他的歌谣决没有问题。"好，好，"他回答，"但我需要吃，需要喝；我们喝酒的时候，我来弹唱。"我们一起进餐。他狼吞虎咽，我觉得他至少有三四天没有吃喝了。按照将军的建议，我不断给他斟酒，我那些闻讯赶来的朋友也时时刻刻把他的酒杯斟满。我们都希望这位贵客饿了这么几天，酒醉饭饱之后将会特别开恩给我们唱

---

① 警察。——原注

点什么。但我们的期待落了空。他突然站起来，躺倒在火炉（当时已是12月）旁的地毯上，五分钟便呼呼入睡，无论如何叫不醒他。

另一次我却幸运得多：我只给他喝到兴奋起来那么多，于是他给我唱了这个集子里的许多叙事诗。

从前他的嗓子应该很好，但当时已有些沙哑。他弹着古斯里琴、唱着谣曲的时候，眼睛显得炯炯有神，面孔显出一种野性的美，画家最喜欢在油画上表现的正是这种美。

他同我分手的方式相当古怪：他在我家住了五天，第六天早晨出门，而我却直到傍晚还在等他回来。有人告诉我，他离开扎拉回家去了，但同时我却发现一对英国式手枪不见了，这对手枪在他匆忙离去之前一直挂在我的房间里。他有一点可敬之处我必须补充说明：他完全可以用同样的方式带走我的钱包和一只金表，这些东西要比他带走的手枪贵重十倍。

1817年我曾在他家住过两天，他兴高采烈地接待了我。他的妻子和儿孙们围着我，拥抱我。我离开的时候，他的长子一连几天在深山里给我带路，而且无法说服他接受我的任何报酬。

19　从坟墓里出来吸活人血的死人。

20　从吸血鬼的坟墓上取来的泥土可做治疗吸血鬼咬伤的药。

21　据另一种传说，格奥尔基对同伴们说：“我家的老头子死了，请你们把他从大路上抬回来。”

22　这首美丽的长诗是我从武克·斯特凡诺维奇·卡拉吉奇的《塞尔维亚民歌选》中选出来的。

23　《雅内什王子之歌》的原文很长，并分成几章。我只译出第一章，并且不全。

* * *[1]

苍翠的山上那白白的是什么?
是积雪还是白色的天鹅?
如果是积雪，它应该融化，
如果是天鹅，它们会飞走。
那不是积雪，也不是天鹅，
是阿迦·哈桑-阿迦的帐篷。
他躺在帐篷里，身负重伤。
他的姐妹和母亲来看他，
他的爱人却羞于来探望。
当他的疼痛有了点缓解，
便命令他那忠实的爱人：
“别来白色的房子看望我，
别来白房子，别来我家里。”
听到丈夫说出的这番话，
可怜的卡杜娜心里好悲伤。

---

① 此诗译自塞尔维亚民歌。

她听见马匹来到院子里，
哈桑-阿吉尼察拔脚就跑，
可怜的她想往窗外跳，
两个可爱的女儿叫起来：
“快回来，我们亲爱的母亲，
来的不是你丈夫哈桑-阿迦，
是你的兄弟宾托罗维奇。”
哈桑-阿吉尼察跑了回来，
一把搂住兄弟的脖子，
“亲爱的兄弟，多大的耻辱啊！
要把我赶走，丢下五个孩子。”

*　*　*[①]

缅科·维乌奇给结拜兄弟
格奥尔基写了一封信：
“你要当心，罪人格奥尔基，
你的头上已聚集起乌云，
狡猾的敌人米洛什·奥勃列诺维奇，
这凶残的仇敌想要杀害你。
他已把小扬科和帕维尔
秘密派到霍京去……”

———

格奥尔基·彼得罗维奇勃然大怒，
他那双黑眼睛闪着怒火，
黑色的双眉紧拧在一起——

① 此诗系未完成的草稿，题材上接近《西斯拉夫人之歌》。

一八三五

断　章

（译阿那克里翁诗）

人们要辨认一匹骏马，
凭的是它们身上的烙印；
而凭着头上的高筒帽子，
人们可认出高傲的安息[①]人；
凭着脸上的一双明眸，
我能认出幸福的恋人：
眼睛里闪耀着慵懒的火焰，
那是尽情欢乐的明证。

① 亚洲西部的古国。

颂诗第五十六首

（译阿那克里翁诗）

鬈发，我头上的荣耀，
已经稀疏而花白，
牙齿在牙床上松动，
眼睛已失去了光彩。
我已没有多少时日
好欢度这甜蜜的生命：
帕耳卡在计算日子，
地狱在等着我的幽灵。
从坟墓里难以复活，
任何人都将被遗忘：
那入口对人人敞开，
而出口——却很渺茫。

颂诗第五十七首[1]

为什么杯底已滴酒不剩?
机灵的童子，快给我斟满，
只是在醉人的美酒之中
要用令人清醒的清水掺拌。
我们不是西徐亚人[2]，朋友，
我不喜欢醉得不成体统：
不，饮酒的时候我要高歌
或聊天，最好是海阔天空。

① 译阿那克里翁诗。
② 公元前黑海北岸的草原游牧民族。此处作野蛮人解。

* * *

忌妒的少女痛哭流涕，责备着少年；
　　少年伏在她的肩上，立即进入梦乡。
少女随即安静，让他在清梦中安睡，
　　对他露出微笑，悄悄地流着眼泪。

统　帅[①]

俄国沙皇的宫殿里有一个大厅：
它的豪华不在于装饰着黄金和丝绒；
没有玻璃柜收藏皇冠上的宝石，
但从上到下，在整个大厅的四壁
由一位富有眼力的画家用他
挥洒自如的画笔画满了图画。
这里没有山林女神也没有圣母，
没有捧杯的法翁[②]和丰乳的少妇，
没有舞蹈和狩猎，只有宝剑和斗篷，
以及充满英雄气概的面孔。
画家把他们排列成密密的一群，

---

① 冬宫陈列着英国画家乔治·道所作俄国1812年抗法战争英雄的画像300多幅。其中有一幅是俄国卫国战争初期的统帅米哈伊尔·波格丹诺维奇·巴克莱·德·托利（1761—1818）。他是苏格兰人。战争初期法军长驱直入，处于优势，巴克莱采取战略撤退、保存实力、诱敌深入的策略，在部队和宫廷引起不满，被免职。后任库图佐夫仍采用他的策略，在鲍罗金诺一役大伤敌军元气，最后战胜了敌军。巴克莱在鲍罗金诺战役中任右军司令，积极参与对敌作战，是有功之臣。普希金这首诗是献给他的。

② 罗马神话中的农牧之神，半人半羊。

他们都是我们民族武装的将军，
脸上闪耀着奇异进军的光荣，
永久地纪念一八一二年的战争。
我常常慢慢地走过他们的面前，
举目仰望他们熟悉的容颜，
我仿佛听见他们英勇的呼喊。
许多人已不在人世；有些人的脸面
在鲜明的画布上还那么威武年轻，
而现在已经衰老，在宁静的环境中
垂下光荣的头。
　　　　　　　在这严肃的一群里
有一位更吸引我的注意。我怀着新的思绪
常常伫立在他的面前，我久久凝望
他的圣容。我看得越久，沉重的忧伤
越是在我的心中把我苦苦折磨。

　这是他的全身像，高高的前额
像谢顶的脑颅般闪光，我觉得那边
深藏着巨大的忧思。周围一片幽暗；
背后是军营。他是那么沉着而严峻，
仿佛带着轻蔑睥睨着面前的敌人。
画家把他描绘成这般模样，
是不是想要表现出自己的思想，
或者不过是出于不自觉的灵感，
然而画家倒是这样把他表现。

啊，不幸的统帅！你命途多舛，
你把一切献给了异国的江山。
粗野的愚人对你的谋算不理解，
你独自默默地实行你伟大的战略，
人民不喜欢你异国音调的名字，
大喊大叫地对你百般攻击，
你不露声色地竭力拯救的黎民，
却对你神圣的白发咒骂不停。
那头脑敏锐的人虽然理解你的妙计，
却迎合着人们巧妙地跟着指摘你……
你怀着坚定的信念矢志不移，
在普遍的迷误中并不动摇犹豫；
可是你把战争进行到一半，
最终还是得让出光荣的桂冠
和权力，以及深思的退兵之计，
独自在部队的队列之中藏匿。
在那里，这年老的统帅如年轻的士兵，
一听到子弹飞行的快乐呼啸声
便投入炮火中寻找期盼的死亡，
可是枉然！——
…………
…………

可怜的人们！可笑又令人心痛！
只相信一时的表象，以成败论英雄！
有个人经常从你们身边走过，

盲目而狂暴的世纪频频对他指责，
但在未来的世代里他的崇高形象
却使诗人兴高采烈，不胜景仰！

乌　云

暴风雨后残留的一朵乌云！
只有你飞过蔚蓝的天际，
只有你撒下郁悒的阴影，
只有你给欢乐的日子带来伤悲。

不久前你还把天空严密遮蔽，
闪电可怕地在你身上冲击，
于是你发出神秘可怖的雷鸣，
对着干旱的大地泻下暴雨。

够了，躲开吧！你早该隐退！
土地复苏了，风雨已沉寂，
阵阵微风轻拂着树叶，
正把你从平静的空中逐去。

译谢尼埃诗

忌妒成性的妻子把肯陶洛斯①
复仇的馈赠，一件染毒血的外衣，
交给阿尔喀得②。阿尔喀得穿上这赠品，
含毒的神血立刻流遍他全身。
他痛苦不堪，在深夜号叫折腾；
使劲用双脚踹着埃塔的山峰；
他拉弯、折断树木，拔出的树桩
高高地垒成堆；他用手把树桩堆放
在一起，把篝火点燃；他登了上去；
一动不动地在篝火上往天穹凝睇；
腋下夹着棒槌，涅墨亚狮子的毛皮③
铺在脚下。起了风，唿哨和吼声响起：
篝火猛燃着，一会儿火焰呼呼响，
把英雄不朽的灵魂带上天堂。

---

① 希腊神话中的半人半马怪，性格残暴，嗜好酒色。
② 希腊神话中指赫拉克勒斯及其后代。此处指赫拉克勒斯，他误穿其妻从人头马腿怪涅索斯那里拿来的染毒血的长袍，被焚烧至死。
③ 棒槌是赫拉克勒斯的武器。取得涅墨亚狮子的毛皮是赫拉克勒斯的第一件英雄业绩。他用涅墨亚狮子的毛皮裹身。

罗德里戈[1]

一

尤里安召来了摩尔人[2]，
他们来到西班牙。
伯爵因私人仇冤，
决定向国王报复。

罗德里戈抢走他女儿，
羞辱这古老的望族；

① 普希金这首诗是根据西班牙传说和民间传奇故事写成的。传说，尤里安伯爵同摩尔人结盟，打败了罗德里戈的军队，罗德里戈在战斗中阵亡。尤里安的复仇是因为罗德里戈诱拐了尤里安的女儿。在民间传奇故事中罗德里戈并未阵亡，而是隐匿了。英国诗人骚塞曾写过长诗《末位哥特国王罗德里戈》。按：罗德里戈（？—711），西班牙最后一个西哥特国王。710 年威帖萨国王死后被选为国王，他即位后，巴斯克人举行起义，威帖萨国王的家族又与穆斯林相互勾结，企图夺取王位。在穆斯林侵略军的威逼下，他不得不向南迁移。穆斯林乘胜追击，在里奥巴尔瓦特附近把他打败，并攻占了西班牙大部领土，罗德里戈显然阵亡了。

② 泛指公元 8—13 世纪从北非西部迁入伊比利亚半岛并在那里进行统治的柏柏尔人和阿拉伯人。

怒不可遏的尤里安
因此背叛了祖国。

摩尔人就像是潮水，
涌上了西班牙海岸，
哥特王国灭亡了，
罗德里戈也丢了王位。

哥特人壮烈地溃败了，
他们曾英勇地战斗，
摩尔人难以断定，
是谁将会战胜谁。

战斗持续了八天，
争战终于见分晓。
国王心爱的坐骑
竟在战场上被俘获。

他的头盔和重剑
也在尘埃里被发现。
都说国王已阵亡，
没有人为此而感叹。

但罗德里戈还活着，
他奋战了整整八天，
起初他希望得胜利，

后来却只求一死。

利箭在周围呼啸，
却没有伤害他毫毛，
镖枪从身旁飞过，
宝剑没击穿他的头盔。

罗德里戈终于筋疲力尽，
他无奈跳下了马背，
凝结着鲜血的宝剑
从他的手中落下。

他扔下饰有羽毛的头盔，
卸下锃亮的铠甲，
幽暗的夜色救了他，
他逃离了激战的沙场。

二

离开浴血的沙场，
罗德里戈远走高飞；
国王阵亡的消息
跑得比他还要快。

十字路口上他看见
成群的老人和妇孺；

他们躲避摩尔人，
逃往固守的城池。

人众号啕着祈祷，
求上帝拯救基督徒，
他们都咒骂罗德里戈，
他听到了他们的诅咒。

他连忙垂下脑袋，
从他们身旁溜走，
甚至不敢求他们
也为他求上帝保佑。

到了第三天，他终于
来到大海的岸边，
他看见荒凉的海岸上
有一个幽暗的山洞。

在那个山洞里他发现
一个十字架和铁锹，
旁边是隐士的尸体，
和他掘成的墓穴。

尸体并没有腐烂，
它僵硬地横卧在那里，
等待着基督徒的祈祷，

并把它好好地掩埋。

国王为死尸祝祷，
并把它善为掩埋，
就在这个山洞里，
在坟墓旁边栖身。

他饥餐树上的野果，
渴饮山间的泉水，
像他的先驱者那样，
为自己掘了个墓穴。

魔鬼开始来引诱
孤身独处中的国王，
用一些夜晚的魅影
来惊扰他短暂的梦。

他战栗着一觉醒来，
充满惊惧与羞愧，
诱惑中的醉生梦死，
戕害了他的灵魂。

他想向上帝祈祷，
但做不到。魔鬼
在耳边向他低语
战场的杀声和欲念。

他麻木地在沮丧之中
虚掷了许多昼夜，
眼睛凝望着大海，
将往事一一回想。

三

而那位隐士，因遗体
被国王热心埋葬，
便在天庭向上帝
为他祈求怜悯。

在一次美妙的睡梦中，
他出现在国王面前，
他身穿白色的长袍，
浑身环绕着光焰。

那国王战战兢兢，
急忙俯伏在他面前，
上帝的侍者向他宣告：
“起来，重返人世间，

“你虽然失去了王冠，
但上帝要赐给你
胜利，去打败敌人，

让你的灵魂安宁。”

他一觉醒来，心灵
领悟了上帝的意旨，
于是离开了荒野，
国王走上了征程。

* * *[1]

是哪一位神灵让我重逢
我在最初的征战中的良朋？
我曾和他共渡战争的危难，
那时一往无前的布鲁图
带我们去追求自由的幻影；
我和他曾在军营里痛饮，
暂时忘却战斗的惊险，
还用叙利亚的香树脂涂抹
那缠着常春藤枝叶的发卷。

你可记得那恐怖的一刻？——
我这罗马公民浑身发颤，
可耻地扔下盾牌逃命，
嘴里不断祈祷和许愿；
我那么害怕，拼命逃跑！

---

① 这是古罗马诗人贺拉斯颂诗《致庞培·瓦尔》的意译。

但赫耳墨斯[1]突然用乌云
遮住我，把我带往远处，
让我逃脱必死的厄运。

　而你，我最为爱戴的人，
你又投身到战斗中去……
如今你回到罗马，回到
我这昏暗而简陋的小室。
请在我的家神庇荫下就座，
让我们举杯痛饮。别顾惜
我家的薄酒，别顾惜香料。
花冠已备好。斟酒，童子！
现在不是节制的时候，
我要像西徐亚人那样豪饮。
在我庆祝和知友重逢时，
唯有一醉才能够尽兴。

---

① 赫耳墨斯，希腊神话中的众神使者，亡灵接引神。

天路旅人[①]

一

一天，我来到一道荒野的山谷，
突然，我心中感到巨大的苦楚，
沉重的负荷把我的身体压弯，
我像个凶手在法庭被当面揭穿。
我低低垂下头，苦恼得扭着双手，
我哀号着，发泄心中刀绞般的哀愁，
我像个病人辗转折腾，反复说，
“怎么办？我将来会有什么结果？”

二

于是我悲叹着回到自己家里。

① 此诗表现的是英国作家约翰·班扬（1628—1688）的小说《天路历程》第 1 章的内容。

家里人全不理解我心中的郁悒。
起初我对妻儿闭口不谈，
想把心中的忧愁对他们隐瞒；
但我的痛苦越来越使我难受，
我终于忍不住对他们说出了忧愁。

“啊，大祸临头啦，你们哪，我的妻儿！”
我说，“要知道，我是多么担心和恐惧；
我心上压着一块石头，痛苦难忍，
临近了！那时刻已经很近很近：
烈火和飓风将席卷我们的城市，
它顷刻之间将化为一堆废墟，
要是不赶快躲避，就全要丧生，
可躲到哪里去？啊，不幸，不幸！”

三

我家里的人一个个都惊惶不安，
大家以为我突然间精神错乱。
但认为，经过夜晚和有益的安睡，
我那致病的内热定会消退。
我睡下，但通宵痛哭，唉声叹气，
一刻也没有合上沉重的眼皮。
第二天早晨，我起床，独自闷坐。
他们走过来，拿种种问题问我，
我还是那么说。于是我的亲人们

便不相信我，他们认为有责任
采取严厉的措施。他们残酷地
用谩骂和蔑视等办法竭力逼迫我
走上正路。但我不听他们的话，
仍旧哭泣和叹气，心乱如麻。
他们终于叫喊得精疲力竭，
挥挥手，纷纷从我的身旁退却，
像避开一个疯子，他的疯狂哭叫
令人生厌，得请医生好好治疗。

四

　　我痛苦不堪，又出门到处去浪游，
我怀着恐惧，把目光投向四周，
像一个企图逃离主人的奴隶，
或一个急于投宿避雨的游子。
我像个苦行僧，拖着沉重的锁链，
我遇到一个正在读书的青年。
他默默抬起眼睛，对着我发问：
我为何独自流浪，哭得如此伤心？
我回答："你可知道我遭到的厄运：
我注定要死亡，死后还要受审——
我发愁的是：对审判我没有准备，
我怕死。"
　　　　　"既然你的命运如此可悲，"
他反问，"你的境况又是这般不幸，

你还等什么？为什么不赶快逃命？”
我说：“逃往哪里？该走哪条路？”
他说：“告诉我：你看见什么在远处？”
青年对我说，用手指指前方。
我勉强睁开病眼朝前望望，
像刚被医生摘去眼翳的盲人。
最后我说：“我看见一线光明。”
“去吧，”他继续说，“朝着那线光明跑，
让它成为你前进的唯一目标，
直到找到那使你得救的窄门，
去吧！”于是我立刻朝前狂奔。

五

　我的逃跑引起全家的慌乱，
妻子儿女都在家门口狂喊，
都叫我赶快回家。他们的叫嚷
把我的朋友一个个引到广场；
有的人斥责我，有的人给我的妻子
出主意，也有人为我这朋友惋惜，
有的人辱骂我，有的人对我嘲笑不已。
还有人叫邻居硬把我拖回家里；
有些人已经奔出来追赶我，可是
我更加紧穿越整个地区，
以便离开这个地方，赶紧
找到那真理的道路和得救的窄门。

* * *[①]

……我又一次来到了
那一块土地，在那里我不知不觉
度过了两年的流放生活。
从那时候起，十年过去了——
我的生活发生了许多变化，
我自己顺从了普遍的规律，
也有了许多改变——但回到这里，
往事又一一浮上我的心头，
我仿佛昨晚还在这树林里
散步。

这是我被贬时的小屋，
我和可怜的奶妈曾在这里栖身。
老奶妈已不在人世——隔着墙
我已听不见她沉重的脚步声，

① 这首诗是1835年9月26日在米海洛夫村写成的。普希金20年代曾流放在这里两年，1835年9月，他又来到这里，住到10月中旬。

领受不到她体贴入微的照顾。

　那是树林葱茏的山冈，我常常
在那上面静坐——眺望着下面的
湖泊，郁郁不乐地回忆起
另一个地方的海岸和波浪……
那碧蓝宽广的湖水呈现在
金色的田野和翠绿的牧场之中；
一个渔夫在浩淼的湖面上
驾舟漂过，拖着一张残破的
渔网。在斜缓的湖岸上边，
村落星星点点——村子后面
一座磨坊歪歪斜斜，那叶片
在风中费力地转动……
　　　　　　　　　　在祖传
领地的边沿，有一条道路
被雨水冲刷得坑坑洼洼，
通往山上，在那个地方，
有三棵松树——一棵远些，
另两棵紧紧相依，在这里，
每当我在月光下骑马经过，
那树梢便发出熟悉的萧萧声
向我问候。现在我又一次
经过这条山路，三棵树又一次
出现在我眼前。景物依旧，
还是它们那熟悉的萧萧声——

但是在它们那老根附近
(从前是那么荒凉光秃),
现在已长出矮矮的树林——
一个翠绿的家族;在老树的
浓荫下,灌木丛像儿孙济济一堂。
远处站着它们忧郁的伙伴,
它像个老光棍,在它的四周
仍然是那么空旷。
　　　　　　　　你好啊,
我没有见过面的年轻种族!
以后你们会成长壮大,超过
我的旧交,你们会遮住老树的
梢头,使过路人再看不见它们,
可那时我已看不见你们
魁梧的身姿。但是让我的孙子
也听见你们问候的喧响,
当他和朋友聚会回来,充满
愉快的遐想,在黑夜中走过
你们的身旁,把我怀念。

*　*　*

我以为心儿已经失去
经受苦痛的起码能力，
我说过：昔日拥有的一切
都已经失去，都已经失去！
欢乐不再了，痛苦不再了，
轻信的梦幻也已不再……
然而在美的强大魅力前，
它们不由得又蠢动起来。

题卢库卢斯之病愈[①]

（仿拉丁诗人）

你已奄奄一息，年轻的富豪！
你听见悲伤的朋友们在哭泣。
死神为了你已经走进了
你那玻璃大厅的门扉。
他好像一个耐心的债主，
从一大清早就来到这里，
默默地伫立在前厅里面，
　　站在地毯上，寸步不离。

在你那昏暗的房间里面，
阴沉的医生们正窃窃私议。
一群食客和喀耳刻[②]满脸

① 这首诗是借古喻今，讽刺当时的反动政客，国民教育大臣谢·谢·乌瓦罗夫的。当时富翁舍列梅捷夫病重，乌瓦罗夫作为他的继承人急急忙忙封掉他的财产，但不久舍列梅捷夫突然病愈，此事在社会上传为笑谈。读者很快就明白了普希金这首诗的意思，普希金也因而得罪了乌瓦罗夫。卢库卢斯（约前 117—前 58 或 56），罗马将军。

② 喀耳刻，希腊神话中的美丽仙女，住在地中海一小岛上，旅人路过该岛受她蛊惑会变成牲畜或猛兽，被送到畜栏。此处作诱人的美女解。

愁云，个个都焦躁忧虑；
忠实的奴仆们长吁短叹，
为你向诸神频频祈祷，
他们六神无主，神秘的命运
　　将如何决定，他们全不知道。

就在这时候，你的继承人
像饕餮的乌鸦扑向死兽，
他正害着贪欲的热病，
对着你脸色发白，浑身战抖。
他那舍不得多用的火漆
已经封闭了你的账房；
他以为在尘封的故纸堆里
　　已扒进了一座座金山。

他想："如今我已经不必
在权贵的家里照看孩子，
我自己就要成为权贵；
再说，地窖里还有粮食。
我要奉公守法——这又何妨！
对妻子也不须锱铢必较，
对于那些公家的木柴，
　　从今我再也不去偷盗！①"

① 暗指乌瓦罗夫偷盗公家木柴事。

但你活过来了。你的朋友
都欢天喜地，拍手庆贺；
奴仆们也像善良的家人，
彼此亲吻，个个乐呵呵；
医生们兴奋得抬起了眼镜，
棺材店老板则垂头丧气；
于是乎总管把他和继承人
　　双双从家中轰了出去。

就这样，生命回到了你身上，
带着它全部诱人的力量；
请看吧：这是无价的礼物，
它呀，值得你好好地安享；
欢乐地度过它吧，日月如梭，
是时候了！找一个美女成亲，
把她带进辉煌的金屋，
　　诸神会祝福你们的婚姻。

彼得一世的欢宴[①]

舰船五彩缤纷的旗帜
在涅瓦河上猎猎飘扬，
众多小船上嘹亮地响起
水手们和谐整齐的歌唱，
皇宫里正举行欢乐的盛宴，
宾客们醉醺醺，谈笑风生，
远处响起隆隆的礼炮，
炮声震荡着涅瓦河的长空。

伟大的沙皇为什么要在
京城彼得堡大宴宾客？
为什么响起礼炮和欢呼？
为什么舰队开进了涅瓦河？
俄罗斯刺刀或俄罗斯旗帜

① 这首诗是根据罗蒙诺索夫的一段记述写成的。罗蒙诺索夫曾说，彼得曾赦免许多大臣的重罪，请他们来赴宴，并鸣礼炮，为此他感到很高兴。普希金写这首诗的目的是要尼古拉一世学他的祖先，赦免十二月党人。

是不是增添了新的荣誉？
是不是残酷的瑞典人被打败？
是不是强敌提出了和议？
是不是勃兰特[①]小小的破船
驶进了瑞典人割让的疆界，
我们那支年轻的舰队
一起出来迎接“老爷爷”，
我们那威武雄壮的子孙
在老人家面前排列整齐，
用合唱的歌声和礼炮的轰鸣
一起向科学表示敬意？

是不是我们的国君在庆祝
波尔塔瓦战役纪念日，
就在这一天，俄罗斯沙皇
拯救了祖国，打败了查理[②]？
是不是叶卡捷琳娜分娩，
还是在庆祝她的命名日，
这是他创造奇迹的伟人，
他的长着黑眉毛的妻子？

不是！是他和臣属和解，
是他宽恕了罪错的臣属，

---

① 勃兰特是一名造船的工匠，曾为年轻的彼得一世修过一条小船。从此彼得一世便热衷于建立海军。下文的“老爷爷”即指这条小船。
② 指瑞典国王查理十二世。

和他们共饮一杯美酒，
在一起欢宴，在一起庆祝，
他一个个吻着臣属们的额头，
他心花怒放，神采奕奕，
庆祝他对臣属的宽恕，
像在庆祝他战胜了强敌。
就是为此在京城彼得堡
响起了一阵阵欢声笑语，
舰队整齐地驶进了涅瓦河，
响起礼炮和音乐的旋律；
就是为此在欢乐的时刻，
沙皇把美酒斟满酒盅，
远处响起隆隆的礼炮，
炮声震荡着涅瓦河的长空。

仿阿拉伯诗

可爱的少年，娇嫩的少年，
别害羞，你今年永远属于我；
我们心中都燃烧着热烈的火，
我们都过着同一种生活。
我不怕别人讥讽嘲笑：
我们俩长得就像同一个人，
犹如一个核桃壳里的
两片一模一样的桃仁。

＊ ＊ ＊[①]

顿杜科公爵还参加
科学院召开的会议，
都说顿杜科不配
享有这样的荣誉；
他为何还参加会议？
因为他还有某种能力。

① 此诗讽刺的是米·亚·顿杜科夫-科萨科夫，他不学无术，只是由于乌瓦罗夫的庇护而当上科学院副院长。普希金在1835年2月的日记中曾说顿杜科夫是个笨蛋加色鬼，乌瓦罗夫的走狗，他不同意只经沙皇批准就出版普希金的作品。

* * *

有一次提琴手去拜访阔歌手，
他是个穷人，歌手很殷实，
“你瞧，”歌手说…………
“这是我的钻石和绿宝石，
无聊时我就拿出来瞧瞧，
啊，老弟，顺便问问，”他又说，
“当你感到无聊的时候，
你做些什么？请你告诉我。”
穷人若无其事地回答：
“我吗？我就在身上抓抓。”

* * *[1]

秋天，在我闲暇的时刻，
在我有兴致写作的日子，
朋友们，你们都对我劝说，
把淡忘的故事继续写下去。
你们说的话都很有道理，
小说没写完就半途而废，
就这样拿出去排印出版，
这不但古怪，而且失礼；
无论如何，你那位主人公
也应该让他成就婚事，
至少也让他寿终正寝，
其他人物得安排合理，
让他们走出人生的迷途，
向他们友好地问候致意。

① 普列特尼奥夫曾建议普希金把《叶甫盖尼 · 奥涅金》继续写下去，这是对普列特尼奥夫的回答，但只是草稿。

你们说："荣耀归于上帝，
趁你的奥涅金还活在人间，
小说没有结束，你稍稍
向前走一步：你可别偷懒。
你享有盛名，便负有责任，
请听取种种赞誉与诋毁，
描绘些城里的花花公子
和惹人怜爱的名媛淑女、
战争与舞会、宫廷与农舍、
阁楼与禅房，还有那宫闱，
此外对我们的广大读者
只收取数目适当的报酬，
每本出售价五个卢布，
真的，这样的负担不犯愁。"

* * *[①]

啊，贫穷！我终于牢牢记住了
这个痛苦的教训！仇视我的主宰，
富裕的大敌，梦中的严酷折磨者，
为了什么我竟招来你的残害？……
当我富裕的时候，我做过什么，
这一点我不想重新提起：
善事就应该默默地去做，
而没有必要去大肆张扬。
我在这里找到了精神食粮，
我感觉到，说到我的命运，
我并非完全无望。

① 此诗是英国诗人巴里·康沃尔《鹰》一剧对白片断的译稿。

* * *

如果您有机会乘车去旅行，
从…………到…………
那边，小河静静地流淌，
在缓缓倾斜的河岸之间，
从行车的大道向右边拐弯，
在田野和一处村落的中间，
您可以看见一片橡树林，
左边是花园和地主的宅院。

夏天，当那太阳的火球
渐渐沉没到山冈的后面，
宅院沐浴着太阳的光芒，
玻璃窗闪亮，像燃烧的火焰，
旅途上总是寂寞相随，
在经过…………排遣，
旅人便向那人家和阳台
不露声色地投去视线。

* * *[1]

　当那亚述王到处用死刑
来处罚各族的黎民百姓，
奥勒非征服了整个亚洲，
让它在自己的手下称臣——
在高傲暴虐的总督面前，
犹太并不曾低头退让，
它以恭顺而显得崇高，
因笃信万能的上帝而坚强；
在整个犹太的疆域之内，
到处都在战栗。教士们
用出丧的粗布覆盖着祭坛；
百姓惊惶万状地呼号，
头上蒙着灰烬和烟尘，

① 这是《圣经》故事《尤吉菲》的开头，全诗未完成。故事叙述犹太的伯特利城有个阔太太尤吉菲，丈夫死后，一直禁欲守节，传为佳话。一日巴比伦王尼布甲尼撒的大军在大将奥勒非率领下进攻迦南。伯特利城被围，尤吉菲只身走向敌营，骗取奥勒非的信任，趁奥勒非酒醉，将他杀死，伯特利城遂解围。

上帝也在倾听他们的呼喊。

　　总督来到山中的峡谷，
他看到：犹太人窄窄的大门
都用坚固的铁锁锁住；
山腰上像系着绣花的腰带，
筑起了一道雄伟的长城。

　　伯特利雄踞在高不可攀的
山顶上，发出白色的光芒，
就像一个放哨的大汉
巍然屹立在峡谷的上方。

　　惊奇的总督暗暗发慌——
他恼羞成怒，心中愁闷……
于是他怀着好奇心转身
向各部族组成的会议发问：
“这是什么民族？他们有什么力量，
谁是他们的首领？为什么
他们竟这样胆大妄为？
能指望谁来救他们逃脱灾祸？……”
这时率领亚扪人的子孙的
大将亚希奥大吼一声，
他站了起来——奥勒非只好
从大堂上看着他，洗耳恭听。

* * *

人们对我说，含着虚假的笑容：
瞧瞧，您是个狡猾虚伪的诗人，
您哄骗我们，说把名声看得很淡，
对于您它似乎是可笑的过眼云烟：
“您为什么写作？”“我，为自己。”
“为什么发表？”“为了钱。”“啊，上帝！
多丢人！”“为什么？”

* * *[①]

"姑娘，你可看见
我的那匹马？"
"我看见了，我看见
你的那匹马。"
"美丽的姑娘，我的马
跑到哪儿去啦？"
"你的马跑到
多瑙河去啦。"

你的马一边跑，
一边咒骂你，
一边咒骂你。
…………

① 此诗是未完成的民歌体诗稿，题材取自武·卡拉吉奇的《塞尔维亚民歌选》。

断　章

*　*　*[①]

这事发生在战斗之后，
幸福竟抛下英雄溜走，
被打得落花流水的队伍
尸横遍地…………
…………波尔塔瓦
权力和荣誉投向了仇家，
像它们那奴颜婢膝的崇拜者。

*　*　*[②]

一个伟大而善良的人
总难得取到应有的报酬，

① 此诗系拜伦《马泽巴》一诗的节译。
② 此诗译自英国诗人柯尔律治（1772—1834）的诗歌《抱怨》。

…………

…………在某一个时代
为了所有的操劳和委屈
(任何人都乐于为此而惊喜！)
拿到应该取得的奖励，
或者说他无愧于这些奖励。

* * *

放荡的人喜欢造谣中伤，
诱惑在全城到处散播，
而他边大笑边拼命鼓掌

* * *

我没有看见你那双眸子，
既荒淫无耻，又冷若冰霜……

一八三六

致杰·瓦·达维多夫[①]

（寄奉《普加乔夫暴动史》附诗）

向你致敬，歌手！向你致敬，英雄！
我没能骑上发狂的战马，
冒着猛烈的隆隆炮火
追随在你左右上战场厮杀。
我只是温顺的珀伽索斯[②]的骑士，
穿着古老的帕耳那索斯
早已过时的老式服装：
但干这个行当也不容易，
在这件事情上，我神奇的骑士，
你也是我的前辈和导师。
这是我的普加奇[③]：一眼可以看出，

① 杰·瓦·达维多夫（1784—1839），俄国诗人，近卫军骠骑兵将领。这首诗是普希金将刚出版的《普加乔夫暴动史》寄给达维多夫时写的。第一行诗译自法国诗人阿诺在寄赠给达维多夫的书上的题词。

② 希腊神话中生有双翼的神马，它的蹄子踏过的地方有泉水涌出，诗人可从中获得灵感。

③ 普加乔夫的卑称。

这个哥萨克机灵而耿直，
在你麾下的先头部队里，
他可以当一名骁勇的军士。

致艺术家[①]

雕刻家，我忧伤而快乐地走进你的工作室；
　　你赋予石膏以思想，大理石听从你的意志：
多少神祇和英雄！……瞧，这是雷神宙斯，
　　这是萨堤罗斯[②]，他皱着眉头，吹着芦笛。
这里是先行者巴克莱，这里是完成者库图佐夫。[③]
　　这里是阿波罗——理想，那里是尼俄柏[④]——悲哀……
我感到快乐。可我又忧伤地漫步在这群
　　默默的雕像当中：和蔼的杰尔维格已离我而去：
这位艺术家的良师益友在幽暗的坟茔中安息。
　　否则他会怎样拥抱你！怎样为你骄傲！

---

① 这首诗是写给雕刻家鲍·伊·奥尔洛夫斯基（1796—1837）的，他是巴克莱和库图佐夫等雕像的作者。原诗无韵。

② 希腊神话中的森林之神，半人半羊，性好欢娱，耽于淫欲。

③ 巴克莱·德·托利，俄军将领，在卫国战争中曾任总司令，是库图佐夫的前任，因此普希金称他为先行者。库图佐夫指挥俄军取得反法战争的最后胜利，完成了卫国战争大业，因此普希金称他为完成者。这两人的雕像矗立于喀山大教堂门前。

④ 尼俄柏，希腊神话中底比斯王安菲翁的王后。她夸耀自己有七子七女，嘲笑阿波罗的母亲只生两人。于是阿波罗奉母命将尼俄柏的子女全部射死。尼俄柏因此整天哭泣。因此普希金说她代表悲哀。

世上的权力[1]

当受难的基督在十字架上魂归天庭，
一个伟大的功绩正要宣告完成，
这时在十字架旁边有两个妇女站立，
那是抹大拉的马利亚和至圣的童贞女[2]，
她们都脸色苍白，浑身瘫软无力，
沉浸在无比的悲痛之中难以自持。
可是如今在神圣的十字架底下两旁，
就像站在市政府衙门台阶上一样，
我们看见本应站立两圣女的地方
有两个戴高筒帽执枪的凶狠卫兵在站岗。
请告诉我吧，为什么要派这样的警卫？
难道说十字架已列入国家财产的范围，
你们看住它是为了防盗防老鼠咬坏？

① 1836 年复活节前的星期五，在喀山大教堂有卫兵在绘有基督棺中遗体像的方布旁站岗，此诗可能为此而作。
② 抹大拉的马利亚，《圣经》故事中的妓女，因信基督而灵魂得救。童贞女指圣母马利亚。

还是想给万王之王增加点威严和气派？
难道说对于那被戴上荆冠羞辱的救主，
对于那心甘情愿让自己的皮肉受苦，
备受鞭笞、钢钉、长矛折磨的基督，
你们要提供坚强有力的切实保护？
或者你们担心那无知的愚民会亵渎
以自己的受刑为亚当的后裔赎罪的救主，
并且不让普通的老百姓来到这里，
以免那些在悠闲散步的老爷受挤？

（仿意大利十四行诗）[①]

当那叛卖的门徒从树上落下的时候，
魔鬼立刻飞来，凑近这个叛徒的头，
让他恢复生气，带走这腐臭的猎物，
把这活尸扔进地狱，它已饥肠辘辘……
那里的小鬼们都拍手称快，哈哈大笑
接待这个全世界的敌人，用他们的犄角，
他们闹哄哄地把他带给可恶的鬼王。
于是这撒旦欠起身来，喜气洋洋，
用自己的亲吻去灼烫那叛徒的两片嘴唇，
在叛卖的那一夜，它们曾把基督亲吻。

① 此诗通过安东尼·德尚的法译本意译意大利诗人弗拉切斯科·贾尼的十四行诗《犹大》。

* * *[①]

我徒然逃往锡安的山峰，
贪婪的罪恶仍紧跟我的行踪……
像饥饿的狮子嗅着沙地，
追寻麋鹿芳香的足迹。

① 这是一篇未完成的诗稿。

译平代蒙泰诗[1]

虚有其名的权利我从不向往，
尽管有人为它而昏头转向。
我绝不抱怨上帝没有赐予
美好的命运：为反对征税而抗议，
或干涉皇帝，要他们停止战争；
报刊是否能自由地愚弄糊涂虫，
敏感的检查官是否禁止杂志
发表滑稽的文字，我全不在意。
你看，这不过是文字，文字，文字[2]。
我所珍视的是另一些更好的权利；
另一种更可贵的自由才称我的心：
无论是依靠皇帝还是人民，
岂不都一样？[3]让他们都去见上帝。

---

① 这首诗是普希金的作品，为避免书刊检查机关的刁难，假托翻译。平代蒙泰（1753—1828），意大利诗人。
② 借用莎士比亚悲剧《哈姆雷特》中的台词。
③ 普希金对欧洲资产阶级民主，特别是对美国的虚假民主抱否定态度。

我只需

自得其乐，随心所欲，而不必
去管理别人；不必为权势和官职
违背良心，改变主意，低三下四；
我只需兴之所至，到处去旅行，
欣赏大自然仙境一般的美景，
或在艺术和灵感的杰作面前，
快乐地战栗，喜不自胜地赞叹，
这才是幸福！这才是权利……

* * *[①]

许多隐居的神父和贞洁的妇女
为了让心灵升入天国的领域，
为了让它经得起人世的风暴，
想出了许许多多虔诚的祷告；
但是至今还没有哪一篇祷词
感动我，像那大斋戒悲伤的日子
教士向上帝反复祝祷的那一篇；
这祷词总是频繁地来到我嘴边，
给予我这沉沦的人无穷的力量：
“我的岁月的主宰！请你别让
忧郁的悠闲和喜欢空谈的习惯，
还有那贪权的毒蛇爬上我心间。
可是上帝啊，请让我看见自己的恶，
让弟兄们不再听到我的指责，
请你在我的心里复活谦逊、
宽容、仁爱以及纯真的精神。”

① 这首诗写的是埃弗雷姆·西林在大斋戒时的祷词。

* * *

有一次我默默沉思着到城外散步，
顺路走进了一处荒凉的公墓。
到处是栅栏、柱子、漂亮的墓园，
那下面京城的所有尸体在腐烂，
他们在沼泽地胡乱挤在一起，
犹如贪馋的宾客赴下等的筵席。
这是些已故商人、官吏的灵寝，
出自廉价石工荒诞的匠心，
头上墓碑的题铭有散文有诗歌，
记载着死者的职务、官衔和美德；
有个寡妇在为戴绿帽的丈夫哭泣；
到处是被小偷从柱上扭下的墓饰，
一个个光滑的墓穴在张口等待
清早有新的住户从城里迁来——
这一切都使我的心惴惴不安，
使我产生许多痛苦和忧烦。
我多么想啐一口转身走开……

可是

我却多么喜欢秋日傍晚的静谧，
在那种时候去看看乡村的墓地，
有多少死者在肃穆的宁静中安息。
那里不加装饰的墓园很广阔；
黑夜里没有小偷在那里出没；
年久的墓碑覆盖着焦黄的苔藓，
村民走过都会祝祷和长叹；
那里没有锥形和瓶形的墓饰、
掉鼻子的保护神和披发的卡里忒斯①，
只有一棵大橡树荫蔽着坟茔，
摆动着，发出萧萧的响声……

① 罗马神话中的美惠三女神，代表妩媚、优雅和美丽等气质。

*　*　*

我竖立起一座纪念碑[①]

我为自己竖立起一座非人工的纪念碑，
在人民走向那里的小径上青草不会生长，
他昂起那颗永不屈服的头颅，
　　高过亚历山大石柱[②]之上。

不，我不会完全灭亡——我的心灵在珍爱的诗琴中
比骸骨存在得更长久，它决不会腐朽——
只要月光下的世界上还有一个诗人，
　　我的声名将永垂千秋。

我将蜚声整个伟大的俄罗斯土地，
它现存的一切民族都将传颂我这个诗魂，

① 引自贺拉斯的诗《致墨尔波墨涅》。
② 亚历山大石柱建于彼得堡皇宫广场上，为纪念沙皇亚历山大一世而立。

无论是斯拉夫人骄傲的子孙、芬兰人、尚未开化的
　　通古斯人，还是草原之友卡尔梅克人。

我将世世代代为人民所喜爱，
因为我曾用诗琴唤醒人们善良的心，
在我这严酷的时代，我讴歌过自由，
　　为那些罹难的人祈求过同情。

啊，缪斯，听从上帝的意旨吧，
不要畏惧人们的欺凌，也不必企求桂冠，
冷漠地对待赞美和辱骂，
　　也不必和愚妄的人争辩。

＊　＊　＊[①]

从前，我们年轻人曾欢度节庆，
鲜亮、热闹，戴着玫瑰的花冠，
碰杯声和歌声不断在空中交响，
我们都紧密地坐在一起欢宴。
那时我们还年轻，无忧无虑，
我们的日子过得轻松而大胆，
我们在一起为实现希望干杯，
为青春和各种奇思异想祝愿。

如今不同了：我们那狂欢的节日
像我们因岁月流逝也变得安分，
它变得平和、安静、老气横秋，
碰杯的声音也比从前低沉；
我们之间的谈话不那么活泼，

① 此诗为纪念 1836 年皇村学校开学日而作，未完成，采用了 1825 年 10 月 19 日那首诗的诗体。

稀稀拉拉地就座，郁郁寡欢，
唱歌时已不常发出快乐的笑声，
更多的是默默枯坐，不时长叹。

时过境迁：我们已是第二十五次
庆祝皇村学校那珍贵的节日，
时光一年年不知不觉地过去，
岁月已把我们变成了什么样子！
四分之一世纪并非白白流逝！
别埋怨：天地的规律就是这样；
整个世界绕着人不停地旋转，
难道唯有人能永远保持原状？

啊，朋友们，你们可记得那时候，
当命运把我们结合成一个团体，
我们看见了多少世事的变迁！
作为那场神秘游戏①的玩具，
多少惊惶不安的民族在折腾；
帝王们一会儿上台，一会儿被推翻，
为荣誉，为自由，有时是为了自尊，
人民的鲜血多少次染红了祭坛。

你们可记得：皇村学校开学时
沙皇为我们打开了女皇的宫门。

① 指欧洲 1812 年到 1815 年与拿破仑的战争。

我们入学了。在沙皇的贵宾当中
库尼岑向我们表示了热情的欢迎。
那时一八一二年的狂暴雷雨
还在沉睡。拿破仑还没有下决心
考验我们这一伟大的民族——
他还在恫吓，还犹豫不定。

你们可记得：军队一支支开出去，
我们纷纷送别年长的同学，
怀着遗恨回到科学的殿堂，
多么羡慕那些和我们诀别
去为国捐躯的人……民族与民族在厮杀，
俄罗斯重重包围了骄矜的敌人，
那为敌军准备的无边雪原
被莫斯科映出的火光照得通明。

你们可记得：我们的阿伽门农①
从攻克的巴黎凯旋，驰向我们。
当时如何举国欢腾迎接他！
他显得多么伟大，多么英俊，
他成了各民族的朋友，自由的救星！
你们可记得——这一座座花园、
一处处池水如何突然复活，

---

① 希腊神话中的阿耳戈斯王和迈锡尼王，特洛伊战争中的希腊联军统帅。此处指亚历山大一世。

他在那里享受了美好的悠闲。

如今他不在了——他已离开了俄罗斯，
他使它雄踞于震惊的世界之上，
被遗忘的拿破仑被流放到深山，
他为全世界所不容，已悄然消亡。
新沙皇[①]是那么严峻而具威严，
他神采奕奕站在欧洲的边界上，
新的乌云又聚集在世界上空，
暴风雨又将…………

① 指尼古拉一世。

题投钉者雕像[①]

一个英俊的少年，不紧张，也不费力，
　　匀称、灵巧、强壮，从快投中得到乐趣！
《掷铁饼者》[②]可以和你并驾齐驱！我敢说，
　　表演完，和你友好拥抱后，他可以休息。

---

① 本篇系题俄国雕塑家洛加诺夫斯基（1810/1812—1855）的雕像《投钉者》，下篇《题投骰者雕像》系题俄国雕塑家皮缅诺夫（1812—1864）的作品。这两尊雕像曾在美术学院展出，后置于皇村亚历山大宫门前。投钉为一种俄罗斯游戏，投钉者应将大头钉投入前方的圆圈中，并插好。

② 《掷铁饼者》系公元前5世纪前半期古希腊雕塑家米隆的作品，表现了人的力量和美。

题投骰者雕像

少年走了三步，弯下腰，一只手用力
　　撑住膝盖，另一手举起百发百中的骰子。
他瞄准着……走开！让一让，好奇的人，
　　到一边去，别妨碍俄罗斯人豪爽的游戏。

* * *[1]

昨天晚上，雷拉
冷淡地离开了我。
我说：“且慢，哪里去？”
她反唇相讥，回答说：
“你的头发已经白啦。”
我回答这不逊的女人：
“鲜花不是天天好！
黑色的麝香到如今
也会变成臭樟脑。”
雷拉不听我的话，
她只对我笑了笑，
还说：“你自己也知道，
麝香用来送新人，
对死人才用樟脑。”

---

① 此诗译自一首译成法文的阿拉伯诗。

＊　＊　＊[1]

从西方的大海到太阳升起的东方之门，
没有多少人能够清楚地区分
祸殃和永恒的幸福……理智难得让我们
相信…………

———

“请赐给我长寿，让我长生不老！”
您总习惯于随时随地向宙斯祈祷，
向他不断地祈求——然而漫长的一生
又会遭遇多少灾难！首先，犹如伤痕，
脸上将布满皱纹——这张脸
…………会改变。

① 此诗系古罗马诗人尤维纳利斯《讽刺诗十》的译稿。

* * *[1]

善于鉴赏巨大精神财富创造的才俊，
英国行吟诗人之友，古罗马缪斯的情人，
你又在招引我去开掘深厚的古代巨著，
你又对我…………嘱咐。
我告别…………美梦和苍白的理想，
准备去同尤维纳利斯搏斗一场，
我这个缺乏经验的诗人答应过用诗章
去郑重翻译他那些严谨而艰涩的诗行。
但是当我翻开他那严整的作品，
却无法克制令我战栗的羞恶之心……
不知羞耻的诗句赤裸裸地突出性爱，
音韵迸发出的和谐令人感到诡怪，
一幅幅古罗马人淫荡的…………景象

① 此诗是写给彼·鲍·科兹洛夫斯基的，他是古罗马诗歌的爱好者，曾建议普希金翻译尤维纳利斯的讽刺诗。为此普希金写了这封信。

* * *[①]

阿方索纵身骑上马背，
店主连忙把马镫拉住，
“先生，您且听我一句话：
这个时候可不宜上路，
山里很危险，眼看天快黑，
下一家客栈离这儿很远。
留在这儿吧，晚饭已备好，
房间里壁炉的火已点燃；
卧榻已铺好，您需要休息，
您的马也会牵去马栏。”
“不管昼夜，只要有路在，
出外旅行我已经习惯。”
他回答。“要是有所畏惧，
我岂不有失绅士的体面；
我是个贵族，鬼怪或盗贼

① 这是构思中一首诗的开头，诗未完成。

都不能阻止我往前赶路，
我是在执行我的公务。”
于是阿方索策马前行，
马儿小跑前进。他面前
是一个狭窄而荒蛮的山谷，
大路从这里进入深山。
他终于走出狭窄的山谷，
他看见了一幅怎样的图画？
周围是荒漠、光秃的旷野……
路边戳着一座绞刑架，
绞架上吊着两具死尸，
他一走近那两具尸体，
黑压压的群鸦就呱呱叫着，
唰地从那里一齐飞起。
那是两具茨冈人的尸体，
两个著名的首领兄弟，
为了警诫其他的盗贼，
他们早就被绞死在那里。
老天用雨水冲淋他们，
炎热的太阳把他们晒干，
荒漠的狂风摇晃着他们，
乌鸦在他们身上饱餐，
百姓中流行着一种传说：
夜里他们都挣脱绞索，
通宵达旦自由地游走，
去报复仇敌犯下的罪恶。

阿方索的马打了个响鼻，
从两具尸体旁边走过去，
然后轻快地奔驰起来，
载着它那无畏的骑士。

* * *[1]

把树林和自由忘记干净，
笼里的黄雀在我的头上
啄食着谷子，泼溅着水珠，
唱着动听的歌，得意洋洋。

① 这是一首未完成的诗。

一八二七—一八三六

致俄国的格斯纳[1]

你真是冷冰冰，而且很枯燥！
你的文笔过于死板而无味！
你的构思多么缺乏想象力！
听你的诗真让我十分疲累！
你的牧女和你的牧童
真应该穿上厚厚的羊皮袄：
你让他们穿得太少会冻坏！
你是在哪儿把他们找到？
在舒斯特俱乐部还是红酒角[2]？

---

① 格斯纳（1730—1788）是瑞士田园诗人，此诗是讽刺鲍·费多罗夫的。
② 舒斯特俱乐部是德国人舒斯特在彼得堡开办的娱乐场所，主要顾客是商人、手工业者；红酒角是彼得堡郊外的酒吧。

黄金和宝剑

“一切都是我的。”黄金说，
“一切都是我的。”宝剑说。
“我可以买到一切。”黄金说，
“我可以取得一切。”宝剑说。

* * *[1]

不知在哪儿，但不在这里，
有一位可敬的勋爵弥达斯，
他生来平庸，又卑劣奸巧——
为了不在险恶的宦途上摔跤，
他便爬上了高高的官阶，
俨然成了个著名的老爷。
关于弥达斯，还得说两句：
他的脑子实在浅薄无比，
既没有计谋，也不会思维；
丝毫说不上光辉的智慧，
他的脾性也不很果敢，
因此显得冷漠而傲慢。
他那些谄媚者真的不知道
用什么词语恭维他才好，
便齐声颂扬他为人精明……

---

① 此诗意在讽刺敖德萨总督沃隆佐夫。

* * *[①]

你的猜测完全是胡思乱想，
我的诗简你根本没有读透，
我知道你是赌台上的贼汉，
难道从此以后你就戒了酒？

① 普希金 1821 年写过一首致恰达耶夫的书简诗，其中有些话是针对费·托尔斯泰说的，却被人误认为是对自己说的，此诗即是讽刺此人的。

* * *[1]

要是我能在普列奇斯坚卡的
一片昏暗中把波将金娜找到，
那就让人在后代的名单中
把我的名字和布尔加林写在一道。

---

① 此诗和 E. 彼 · 波将金娜有关，她是十二月党人谢 · 彼 · 特鲁别茨科伊（1790—1860）的姐妹，住在莫斯科的普列奇斯坚卡。这是一首戏谑诗，含义不详。

* * *

为什么我会对她如此迷恋?
为什么我得和她各奔前程?
假如我那茨冈人的生活
不是如此把我放纵娇宠。

———

她那么多情地对您凝睇,
她那么随意地对您喁喁低语,
她那么优雅地嬉戏游乐,
她的明瞳如此充满情意,
昨晚她又是那么巧妙,
从准备好晚餐的桌子底下
向我伸过来她的小脚。

* * *[①]

不，我不喜欢发狂一般地作乐、
感官的兴奋、醉生梦死和狂热，
不喜欢醉酒女人的呻吟和狂叫，
当她像毒蛇在我的怀抱里盘绕，
用一次次火热的抚爱和鸩毒般的热吻
催促着那最后战栗时刻的来临！

啊，我温顺的美人，你更可爱！
啊，我为你而幸福得像丢了魂魄，
当你对我久久的恳求表示了应允，
委身于我，虽然温柔，却不动情，
你羞怯而冷静，对我的雀跃欢欣
只微微地回应，却屡屡充耳不闻，
可是后来你却越来越快乐，
终于不由自主地和我共燃爱火。

① 在某些传抄本里，此诗附有标题《致妻子》。

* * *[①]

你用文明让理智焕发出光芒，
　　你看见了真理的清澈纯净光辉，
你满怀柔情爱上异国的民族，
　　却明智地憎恨自己国家的族类。

当沉默的华沙毅然揭竿而起，
　　整个华沙为暴动而沉醉激昂，
一场殊死的搏斗…………开始，
　　到处在高呼："波兰没有灭亡！"

当季比奇[②]…………
　　当巴黎的三教九流各色人等
在讲坛上大呼小叫…………

① 此诗原稿已散佚，只根据抄本记录，因此有许多地方缺失。此诗的写作年代应不早于 1831 年底。
② 即季比奇-扎马尔坎斯基（1785—1831），俄国陆军元帅，镇压 1830—1831 波兰起义的总司令。

　　你却为莱莱韦尔[1]的健康干杯痛饮。

由于我们的失利你高兴得直搓手，
　　你带着狡黠的微笑听取消息，
当…………仓皇逃跑，
　　我国荣誉的军旗也纷纷倒地。

……华沙的暴动……
　　…………在烟雾里。
你垂下头颅，痛苦地号啕大哭，
　　像犹太人为耶路撒冷痛哭流涕。

① 莱莱韦尔（1786—1861），波兰民族解放运动的思想家，波兰1830—1831年起时任爱国协会主席，临时政府成员。

* * *[1]

啊，不，我并不厌倦生活，
我热爱生活，我要活下去，
心灵并没有完全冰冷，
虽然我已把青春虚掷。
对于我想知道的事情，
对于美梦的种种想象，
对于感情…………一切，
我还像以前一样向往。

---

① 这是一首未完成的诗稿。

断　章

*　*　*

不久前，一个知心朋友对我说：
漂亮的姑娘，我为你而苦恼烦闷，
我真不想对妻子看上一眼——
可我毕竟…………

*　*　*

单独地蔑视每一个笨蛋，
这当然不是困难的事，
面对个别的无耻之徒
表示愤慨亦大可不必。

——

但…………奇怪的是，

蔑视所有的人却是件难事——

———

他们的讽刺诗都是淫词秽语，
抄袭比耶夫尔[①]的《俏皮话集》。

*　*　*

深邃的河水
不兴涟漪，
聪慧的智者
低调行事。

*　*　*

夜深沉，广阔的天际
闪耀着金色的金星，
老元首偕年轻的夫人
乘坐贡多拉兜风。
空气里弥漫着月桂香，
彩船上旌旗不飘扬，
幽暗的大海沉默着。
…………

① 18世纪著名的俏皮话大王。

*　*　*

这是一座白玉的喷泉，
刻满花字的诗文，
在雕刻，在修建
…………
铸铁的长柄勺……
…………
…………系在铁链上
不管你是何人：是牧童、
渔夫，还是疲惫的旅人，
请过来畅饮。

*　*　*

还是在那无知的顽童时代
…………
我遇见过一位秃顶的老人，
他目光灵活，思维敏捷巧妙，
嘴唇上常挂着带皱纹的微笑。

*　*　*

当我如此多情，如此诚挚，
如此欢快地迎接您的到来，

您自然会觉得不可思议，
于是怀着戒备，略显不快。

昨夜在幸福的梦乡之中
…………
我那激动人心的梦境
因您可爱的倩影而多彩。

从那时起我便用泪水……
呼唤那美妙绝伦的梦幻，
在梦中您给了我如此的幸福，
清醒时我还对您怀着感念。

PROLOGUE[①]

我来拜谒你的坟墓——但那里很拥挤；死者分散了我的注意力……现在我要到皇村和巴博洛沃村去祭祀。

皇村！……（格雷[②]）皇村学校的游戏，我们的功课……杰尔维格和丘赫尔别凯，诗歌——

巴博洛沃。

---

① 法文：序曲。这是1835或1836年诗作的序言提纲，其中夹杂着法文词句（以仿宋体表示）。

② 此处提到他，可能涉及他的哀歌《乡村坟墓》。

...Быть может, уж недолго мне
В изгнаньи мирном оставаться.

...Быть может, уж недолго мне
В изгнаньи мирном оставаться.

...И забываю мир — и в сладкой тишине
Я сладко усыплен моим воображеньем,
И пробуждается поэзия во мне.